Mein Erwachen

Für dich, geliebte Seele

Ursula Keller

Mein Erwachen

Eine Geschichte für
Menschen im Umbruch

Herstellung und Verlag:
Books on Demand GmbH, Norderstedt
Printed in Germany
ISBN 978-3-8448-0701-1

Dieses Buch ist auch als E-Book erschienen

Einleitung

Liebe Leserin, lieber Leser, ich danke dir für dein Interesse an meinem Buch. Ich habe die Geschichte meines Erwachens aufgeschrieben, weil ich spüre, dass viele Menschen durch diesen Prozess gehen oder noch gehen werden. Jede Geschichte des Erwachens ist ganz einmalig. Und doch gibt es gewisse Situationen und Herausforderungen, die jedem auf diesem Weg begegnen. Deshalb erinnert dich meine Geschichte vielleicht auch an eigene Erfahrungen.

Wir leben in einer Zeit der grossen und schnellen Veränderungen, des Umbruchs und des Erwachens. Viele Menschen erkennen plötzlich, dass sie mehr sind als ihr Körper und ihre angenommene Identität. Diese Erkenntnis ist der Ruf der Seele, dass der Mensch sich wieder an sein wahres Wesen erinnert.

Dies wird oft von einer traumatischen Erfahrung begleitet. Ich habe mich lange Zeit gefragt, warum das so sein muss. Heute ist mir klar, wenn wir nicht in eine Sackgasse, Verzweiflung oder Ausweglosigkeit kämen, würden wir einfach wie gewohnt weiter in unseren altbekannten Mustern leben.

Doch der Ruf der Seele will gehört werden und das kann auf sehr individuelle Art und Weise geschehen. Manchmal ist ein Drama für die Seele der leichteste Weg sich Aufmerksamkeit zu verschaffen und zu erreichen, dass der Mensch beginnt, sich mit sich selbst auseinanderzusetzen.

℘ ℭ

Inhalt

Inhalt

Erfahrungen sammeln

Hier habe ich das immense Licht gemalt, das ich im Kapitel Reise zu den Sternen beschreibe. Es ist im Frühling 2011 entstanden, zwanzig Jahre nach dieser einmaligen Erfahrung.

Vor dem Paukenschlag

Wenn ich mir überlege, wie mein Erwachen eigentlich begann, erkenne ich, dass ich viele Jahre lang gar nicht bemerkt hatte, dass sich im Hintergrund meines Lebens etwas Ungewöhnliches abspielte.

Ich wuchs in Zufikon im Kanton Aargau auf. In meiner Kindheit konnte ich viel draussen in der Natur spielen und zusammen mit meinen Schwestern und meinen Cousins auf dem benachbarten Bauernhof meines Onkels mithelfen. Damals wurde noch Vieles von Hand geerntet und ich genoss das gemeinschaftliche Arbeiten auf dem Feld sehr.

Meine Kindheit beinhaltete die üblichen menschlichen Höhen und Tiefen: manchmal war es spielerisch und voller Freude und ein anderes Mal fühlte ich mich einsam und unverstanden. Ich erlebte die allgemeinen Herausforderungen, die die Anpassung an das Leben und das Heranwachsen so mit sich bringen. Allerdings gab es etwas, das einen grossen Einfluss auf mein Leben haben sollte.

Es war mein Schielen. Ich sah deshalb alles doppelt und konnte nicht unterscheiden, welches der beiden Bilder echt war. Erst ab dem vierten Lebensjahr konnte ich eine Brille tragen, die ein Auge verdeckte. Deshalb erlebte ich als Kleinkind unzählige Unfälle: Ich lebte in einem Körper, mit dem es schwierig und unsicher war, in der Welt zu bestehen. Im Turnunterricht war ich deshalb völlig blockiert, weil ich vor allen Turngeräten Todesangst hatte.

Das Sehen von Doppelbildern verursachte auch noch etwas anderes, was ich erst viel später in meinem Leben erkennen, verstehen und schätzen würde. Bevor ich eine Brille tragen konnte, war es mir nicht möglich zu unterscheiden, welches Bild echt war. Dies veranlasste mich, der äußeren physischen Welt gegenüber skeptisch zu sein. Es hatte zudem den Effekt, dass ich mich auf die innere Wahrnehmung konzentrieren musste, um meinen Körper im Gleichgewicht zu halten. Ich brauchte deshalb viel länger als andere, um meine Balance zu finden, zum Beispiel, um Gehen oder Fahrrad fahren zu lernen. Ich war gezwungen, mein Vertrauen in meine innere Wahrnehmung zu entwickeln.

Im Vorschulalter hatte ich zwei Augenoperationen. Sie konfrontierten mich mit der tiefen Angst, ausgeliefert und verlassen worden zu sein. Die meisten Krankenschwestern empfand ich als brutal. Sie machten. ohne mich zu informieren, einfach etwas an meinem Körper und ich wurde notfalls z.B. beim Spritzen, gezwungen stillzuhalten. Damals war es noch nicht üblich, dass die Eltern im Spital bei mir bleiben konnten. Ich hatte noch keinen Zeitbegriff. Deshalb war es für mich - als sie sich von mir verabschiedeten - als kämen sie nie wieder.

Ich wuchs mit zwei Schwestern auf. Die eine ist drei, die andere elf Jahre jünger als ich. Die Beziehung zu meiner drei Jahre jüngeren Schwester war intensiv und manchmal schwierig für mich. Wir hatten uns als Kinder oft gestritten und sie stellte eine grosse Herausforderung für mich dar. Ich lernte durch sie, immer wieder zu vergeben und jeden Tag wieder neu und ohne Vorbehalte zu beginnen.

Es war eine grosse Bereicherung für mich, als meine jüngste Schwester zur Welt kam. Ich fühlte mich sehr wohl mit ihr. Mit ihr konnte ich erleben, dass eine nahe Beziehung auch einfach und störungsfrei sein kann.

.

Mit diesen Erfahrungen hatte ich mir in meiner Kindheit meine Grundthemen, mit denen ich mich in diesem Leben auseinandersetzen würde, erschaffen. Ich fand im Verlauf meines Lebens heraus, dass wir uns alle mit Lebensthemen beschäftigen. Zuerst erfahren wir sie, dann möchten wir sie bewegen und schlussendlich integrieren. Wenn der Ruf der Seele erklingt und wir auf ihn hören, klärt sich all das Stück für Stück auf.

Auf diese Reise durch mein Leben lade ich dich nun ein.

Zerplatzte Träume

In meinem 20. Lebensjahr erschütterten kurz hintereinander zwei Ereignisse mein Leben stark und veränderten etwas in mir. Meine beiden grössten Träume zerschlugen sich ins Nichts: Mein Berufstraum und mein Partnerschaftstraum platzten!

Ich stand plötzlich ohne eine für mich passende berufliche Perspektive da. Denn ich hatte meinen ersten Beruf als Post-Betriebsassistentin nur gelernt um die Wartezeit zur Ausbildung als Aktivierungstherapeutin, die ich erst mit zwanzig Jahren beginnen konnte, zu überbrücken.

Als ich alt genug war, absolvierte ich endlich die Aufnahmeprüfung. Ich wusste, dass mein Wohnkanton keine der beiden in Frage kommenden Schulen subventionierte und ich nur eine Chance auf einen Ausbildungsplatz hatte, wenn es nicht genug fähige Anwärterinnen aus den Kantonen der beiden Schulen gäbe.

Meine Leistungsausweise, die ich im Vorfeld erarbeiten musste, waren ausgezeichnet. Die Leiterin der Aktivierungstherapie, in der ich ein Praktikum absolvieren musste, sagte sogar, dass ich ein Naturtalent für diesen Beruf hätte. Deshalb hoffte ich trotz allem, einen Ausbildungsplatz zu bekommen.

Dieser Beruf gefiel mir sehr, weil ich meine kreativen und meine sozialen Fähigkeiten einsetzen konnte. Doch dann stellte sich heraus, dass nur zwölf Absolventinnen aufgenommen wurden und diese aus den Kantonen der Schulen stammten. Mein Berufstraum, auf den ich mich jahrelang gefreut hatte, war geplatzt.

An meiner Arbeitsstelle bei der Post gab es damals keine Perspektiven, sich als Frau beruflich weiterzuentwickeln. Und da ich wahrscheinlich mein ganzes Leben lang arbeiten würde, wollte ich eine Arbeit haben, die mir gefiel, mir Freude machte und die ich liebte.

Also ging ich zur Berufsberaterin. Es war schwierig, mir etwas zu raten. Ich war zwar vielseitig begabt, aber nirgends wirklich herausragend. Plötzlich erinnerte ich mich daran, dass ein Krankenpfleger während meines dreimonatigen Spitalpraktikums zu mir sagte, ich könnte doch Krankenschwester lernen, das würde mir liegen.

Aber im Spital arbeiten wollte ich nicht, weil ich mich dort nie wirklich wohl gefühlt hatte. Also fragte ich die Beraterin ob es nicht eine Krankenschwester gibt, die die Patienten zu Hause pflegt. Sie erklärte mir, dass es eine solche Ausbildung gäbe und die habe ich dann auch absolviert.

Drei Jahre später war ich ausgebildete Pflegefachfrau mit Schwerpunkt spitalexterner Krankenpflege. Trotzdem haderte ich noch jahrelang damit, dass ich meinen Traumberuf Aktivierungstherapeutin nicht hatte lernen können. Die Verbindung zwischen kreativem und sozialem Arbeiten hatte mich sehr angesprochen.

Und meine Traumpartnerschaft: Ein paar Monate bevor mein Berufstraum zerplatzte, eröffnete mir mein Partner in einem Brief, dass seine Liebe zu mir nicht mehr ausreiche, um unsere Beziehung weiterzuführen. Ich fiel aus allen Wolken! Ich liebte ihn sehr und wir waren seit einigen Monaten ein Paar. Wir hatten viele gemeinsame Interessen und unsere Weltanschauungen waren dieselben. Ich konnte es nicht fassen, dass er die Beziehung einfach mit einem Brief beendet hatte. Das war für mich ein grosser Schock.

Mein Schmerz über all dies war tief und ich konnte nicht begreifen, warum das alles geschehen war. War es

Strafe? Hatte ich Illusionen oder zu hohe Erwartungen an mein Leben? Warum gingen meine Träume und Wünsche für ein erfülltes und glückliches Leben nicht in Erfüllung?

Da ich auf diese Fragen keine Antworten hatte, musste ich einfach damit weiter leben. Jahrelang liess ich mich auf keine feste Partnerschaft mehr ein, obwohl es mein sehnlichster Wunsch gewesen wäre. Für mich sah es so aus, als ob ich immer an die „falschen" Männer geraten würde.

Viele Jahre später, nach verschiedenen Erfahrungen, kam ich zu einem anderen Schluss, der mir die Möglichkeit gab, etwas zu verändern: Ich war diejenige, die sich nicht mehr auf eine Partnerschaft einliess. Weil ich mich davor fürchtete, mein Herz wieder ganz zu öffnen, um dann vielleicht wieder verlassen zu werden.

In den Rücken gefallen

An meiner ersten Arbeitsstelle nach der Ausbildung waren wir drei in Vollzeit arbeitende Krankenschwestern. Jede war für eine Patientengruppe und für bestimmte zusätzliche Aufgaben zuständig. Ich fühlte mich mit der Krankenschwester am vertrautesten, die uns auch gegenüber dem Stiftungsrat vertrat. Doch nach ein paar Monaten verliess sie die Stelle, weil sie sich beruflich verändern wollte.

Das war schwierig für mich, denn sie stand der dritten Krankenschwester im Bund näher als ich und war ein Verbindungsglied zwischen uns gewesen. Jetzt mussten wir zwei herausfinden, wie wir miteinander arbeiten konnten. Es kam eine neue Krankenschwester dazu und wir gewöhnten uns langsam an die neue Teamzusammensetzung.

Ich betreute damals einen älteren Patienten, der Krebs hatte und wusste, dass er nicht mehr lange leben würde. Er hatte ein offenes infiziertes Geschwür und wollte unbedingt zu Hause bleiben. Der Arzt fragte mich, ob wir ihm die Antibiotikatherapie, die er per Infusion verabreicht bekommen sollte, zu Hause durchführen könnten.

Das war zu dieser Zeit noch eher aussergewöhnlich. Doch ich willigte spontan ein, denn ich hatte es in der Ausbildung gelernt und da der Arzt dies unterstützte, sah ich kein Problem darin. Da war ich ziemlich blauäugig.

Denn als ich meiner Kollegin am Rapport erzählte, dass die Therapie ambulant durchgeführt werden sollte, fragte sie, warum ich nicht zuerst das Team gefragt hätte. Ich entgegnete, weil er mein Patient sei und wir doch alle diese Infusionstherapie machen konnten. Denn, wenn ich frei hatte, mussten die anderen mich vertreten. Ich erklärte ihr, dass ich ihr gerne eine Einführung vor Ort geben würde. Daraufhin sagte sie nichts mehr. Also dachte ich, dass alles in Ordnung wäre.

Ich zeigte ihr in den nächsten Tagen beim Patienten zu Hause, wie sie die Pflege ausführen konnte. Es fiel mir auf, dass sie sehr wortkarg war. Ich vermutete, dass sie unsicher sei, weil sie es schon lange nicht mehr gemacht hatte. Der betagte Patient und seine Frau waren sehr dankbar, dass wir die Therapie bei ihnen zu Hause durchführten.

Ein paar Tage später streckte mir diese Kollegin abends einen Briefumschlag hin, „Lies das mal", und ging nach Hause. Ich war ziemlich erstaunt und öffnete den Umschlag. Was ich da las, schockierte mich zutiefst. Es war eine Zusammenstellung aller Fehler, die ich in den letzten Wochen begangen haben sollte.

Das Schreiben war an den Stiftungsrat gerichtet. Dieser bestand aus Laien, mit dem Pfarrer als Präsidenten. Es waren so gravierende Vorwürfe, dass sie für eine fristlose Entlassung ausgereicht hätten.

Ich fühlte mich, als ob ich von hinten erdolcht worden wäre. Ich war fassungslos. Von den vielen Punkten konnte ich bei einem sagen, dass er stimmte. Bei zwei anderen, dass sie im Grunde stimmten, aber in einem falschen Zusammenhang dargestellt waren und bei allen anderen Punkten, dass sie nicht der Wahrheit entsprachen.

Ich zitterte am ganzen Leib. Es war schrecklich. Wie sollte ich das nur beweisen? Meine Gedanken rasten. Am nächsten Tag zeigte ich den Brief der neuen, dritten Krankenschwester im Team. In den Punkten, in denen sie

Stellung nehmen konnte, versprach sie mir, die Wahrheit, welche für mich sprach, zu sagen.

Aber es gab einige Punkte, wo es keine Zeugen gab. Sie fand es eigenartig, dass die Kollegin dies alles nicht zuerst an einer Teamsitzung oder mit mir persönlich angesprochen hatte und meinte, da stimme etwas gewaltig nicht. Zu vieles war aus der Luft gegriffen. Ihre Haltung beruhigte mich ein wenig.

Als meine andere Kollegin nach ihren freien Tagen zurückkam, wollte ich mit ihr darüber sprechen. Doch sie entgegnete, dass sie dazu nichts zu sagen hätte und die Sache jetzt beim Stiftungsrat läge. Ich vermutete, dass sie alle Anschuldigungen schon an einer Sitzung mit dem Stiftungsrat vorgebracht hatte. Sie war ja die neue Delegierte unseres Teams, die an den Sitzungen teilnahm.

Meine neue Kollegin wurde an eine Sondersitzung eingeladen. Nur mit mir sprach niemand. Das war die Hölle für mich. Das Gefühl, jederzeit über den Abgrund gestossen werden zu können, liess mich nicht mehr los und ich fühlte mich total überfordert.

Nach einiger Zeit wurde ich zusammen mit der Kollegin, die mich angeklagt hatte, an eine Sitzung eingeladen. Dort konnte ich zum ersten Mal selber Stellung zu den Vorwürfen nehmen. Ich wusste von meiner neuen Kollegin, dass sie über diese Punkte befragt worden war und dass sie ihre Meinung und wie sie mich erlebte geschildert hatte. Ich war ehrlich und erzählte meine Version der Geschehnisse.

Ich weiss nicht mehr, ob es gleich an dieser Sitzung war oder ob es nochmals eine Sitzung etwas später gab. Auf alle Fälle fand der Pfarrer, dass wir beide uns verzeihen müssten und einfach weiter zusammen arbeiten sollten. Ich fragte ihn, wie das gehen solle, denn ich könne meiner Kollegin nach diesem Angriff gegen mich nicht mehr trauen.

Er meinte dazu, dass wir das in christlicher Nächstenliebe einfach tun sollten. Ich erkannte, dass der Stiftungsrat keine Stellung beziehen wollte. An eine weitere Zusammenarbeit war für mich nach diesem Vertrauensbruch nicht zu denken.

Ich war zwar beruhigt, dass sie ihr offensichtlich nicht alles geglaubt hatten, doch erkannte ich, dass sie das Problem einfach unter den Tisch wischen wollten. Für mich stimmte das einfach nicht. Also nahm ich die Sache in die Hand und suchte mir eine neue Stelle.

Unglaublicher Weise erhielt ich kurze Zeit später das Angebot, eine Stelle in meiner Heimatgemeinde zu übernehmen. Ich wollte jedoch nicht mehr Vollzeit arbeiten. Als ich diese Möglichkeit mit der neuen Teamkollegin besprach, meinte sie: „Wir könnten doch diese Stelle gemeinsam im Jobsharing übernehmen." Daran hatte ich gar nicht gedacht und so hatten wir beide ganz einfach und in kurzer Zeit eine neue passende Stelle gefunden.

Trotzdem hatte ich noch jahrelang wütende Gedanken, wenn ich an diese Anklage dachte und ich konnte lange nicht begreifen, warum mir diese Kollegin das angetan hatte.

Morddrohung

Etwas später zogen mein damaliger Freund und ich in eine Wohngemeinschaft in ein Haus mit fünf Mitbewohnern. Ich hatte schon Erfahrung mit Wohngemeinschaften zu zweit und freute mich auf diese Horizonterweiterung.

Doch mein Freund hatte ziemlich schnell heftige Auseinandersetzungen mit dem ältesten Mitbewohner. Er wollte gleich wieder ausziehen und fragte mich, ob ich mit ihm nach Zürich in ein besetztes Haus ziehen würde. Wir waren beide zu dieser Zeit in der Wohnungsnotbewegung aktiv. Aber das ständige Kommen und Gehen in einem besetzten Haus wäre mir zu unruhig gewesen.

Also schlug ich ihm vor, dass er doch ausziehen solle. Das würde ja an unserer Beziehung nichts verändern. Er jedoch sah das anders. Er fand, dass er mit mir zusammenleben möchte und wenn das nicht ginge, dann möchte er auch die Beziehung beenden.

Mein nächster Schock zum Thema Partnerschaft. Es war wie verhext. Ich konnte einfach nicht verstehen, weshalb eine Beziehung nur bestehen kann, wenn man zusammenlebt - Liebe kennt doch eigentlich keine Zeit oder Raum.

Doch er blieb stur. Schweren Herzens liess ich ihn gehen und dachte, die Liebe wird siegen und er wird die Trennung nicht durchziehen. Doch da hatte ich mich geirrt und kurze Zeit später war ich wieder allein.

In der Wohngemeinschaft fühlte ich mich sehr wohl. Es schien, als hätte ich dort vertraute Seelen getroffen. Mit Ausnahme des ältesten Mitbewohners, er lebte mit seiner Frau, seiner Tochter und ihrem Hund dort. Doch mit der Zeit wurde er immer herrischer und versuchte, uns mehr und mehr herumzukommandieren. Er fing an, uns Hasch anzubieten und mit uns zu rauchen.

Ich ertrug den Geschmack und die Wirkung überhaupt nicht. Wir fanden dann heraus, dass er in der Wohnung dealte. Ausserdem war er in letzter Zeit zunehmend aggressiver geworden. Zweimal war es schon zu tätlichen Auseinandersetzungen mit Mitgliedern der Wohngemeinschaft gekommen.

In einer Gemeinschaftssitzung stellten wir ihn vor die Entscheidung, mit dem Dealen aufzuhören oder auszuziehen. Wir wollten keine Razzia im Haus haben. Daraufhin wurde er furchtbar zornig. Er stand vom Tisch auf und mit erhobenem Messer in der Hand sprach er eine Morddrohung gegen jeden aus, der ihn verraten würde. Wir waren schockiert.

Wir hatten erfahren, dass er in einem Methadonprogramm mit verhältnismässig hoher Dosis war. Er war damit einfach unberechenbar. Tagelang hatte ich reale Todesangst vor ihm. Als einzige lebte ich mit ihm und seiner Familie im oberen Stockwerk des Hauses und zu allem Überfluss hatte mein Zimmer keine abschliessbare Türe.

Es war eine extrem herausfordernde Zeit für mich und alle Mitglieder der Wohngemeinschaft, aber sie brachte uns auch näher zusammen. Wie durch ein Wunder zog er einige Zeit später mit seiner Familie in eine andere Wohnung und wir hatten wieder ein friedliches Leben. Es folgte eine tolle Zeit mit spontanen Festen und es kamen immer wieder sehr interessante Menschen zu Besuch.

Die Mauer fällt

Anfang November 1989 reiste ich mit einer Freundin für fünf Tage nach Berlin. Diese Stadt hatte mich schon lange magisch angezogen und jetzt war es so weit! Mich begeisterte die grosse Vielfalt an Kunst, Kultur, kreativem Schaffen und Lebendigkeit.

An einem grauen regnerischen Tag besuchten wir die Mauer und konnten einen Blick in die Todeszone werfen. Diese Trennmauer zog sich mitten durch die Stadt und erschütterte mich zutiefst. Das Leiden unzähliger Menschen und Familien, das durch diesen gravierenden Einschnitt verursacht wurde, beschäftigte mich sehr. Ich war sehr traurig, weil es immer noch keine Lösung für diese Trennung gab.

Am dritten Abend dann stieg plötzlich eine Frau in unseren Bus ein und sagte zum Fahrer: „Ich habe im Radio gehört, dass die Mauer offen ist und das gehe ich mir jetzt selber ansehen." Der Fahrer sagte zu ihr, dass das doch sicher nicht stimmen könne.

Auch wir konnten das nicht glauben und fuhren darum einfach weiter zu dem Konzert, das wir besuchen wollten. Als wir danach in der Innenstadt auf den Nachtbus warteten, fuhr ein Trabi mit DDR-Kennzeichen vor.

Der Fahrer rief: „Wo geht's denn hier zum Ku'damm?" Ein Passant ging zu ihm hin und fragte: „Ist denn die Mauer offen?" - „Ja, sie lassen uns jetzt rüber fahren!" Alle Wartenden waren fassungslos und konnten es kaum glauben.

Wir waren müde und beschlossen, uns das am nächsten Tag anzusehen. Morgens gingen wir zum berühmten

Checkpoint Charlie, um zu sehen, wie es mit der Grenze wirklich aussah.

Dort war ein riesiger Volksauflauf. Jedes Auto, das über die Grenze fuhr, wurde mit Blumen und Sekt empfangen. Die Stadt war im Freudentaumel! Es ging nicht lange und wir standen mit Tausenden von Menschen auf der Mauer und feierten die Befreiung und Wiedervereinigung mit.

Es waren zwei unvergessliche Tage, die wir dort noch in dieser grossen Euphorie verbrachten. Noch heute fühle ich einen Freudenschauer, wenn ich an die Fügung denke, dass ich an diesem einmaligen Ereignis in Berlin live dabei sein konnte.

In der Sackgasse

An meiner neuen Arbeitsstelle in der spitalexternen Krankenpflege spürte ich nach einiger Zeit, dass mir die Organisation und Koordination besser entsprachen als die Krankenpflege selbst. Meine Arbeit erfüllte mich einfach nicht mehr und ich war auch zu der Erkenntnis gekommen, dass die Schulmedizin nicht der einzige Weg zur Heilung sein konnte. Denn schon öfters hatte ich erlebt, dass ein Patient zum Beispiel ein Medikament gegen eine gewisse Krankheit nehmen musste. Gleichzeitig musste er aber zwei andere Medikamente gegen die Nebenwirkungen, die das erste Medikament verursachte, einnehmen. Ich steckte irgendwie fest.

Auch mein Partnerschaftsthema war immer noch in einer Sackgasse. Seit der Trennung von meinem WG-Partner waren schon zwei Jahre vergangen, doch ich kam einfach nicht von ihm los, obwohl ich es klar wollte. Irgendetwas Tiefes und für mich nicht Erreichbares in meinem Inneren, wollte oder konnte ihn einfach nicht loslassen.

Mit einer Freundin plante ich, einige Monate später für längere Zeit nach Asien zu reisen. Die ersten drei Monate wollten wir zusammen unterwegs sein und nach ihrer Heimkehr würde ich meine Reise alleine weiterführen. Mir war klar, dass ich in diesem Zustand nicht genug innere Sicherheit für dieses Abenteuer hatte.

Ich fühlte mich hilflos in dieser verfahrenen Situation. Eine andere Freundin empfahl mir eine Frau, die geistiges Heilen anwendete, und sagte, dass sie ihr sehr geholfen hätte. Für mich war das damals total fremd und unvorstellbar: Ich sollte jemandem, den ich nicht kannte, mein Dilemma erzählen und sie sollte mir dann daraus heraushelfen können?

Aber ich wusste, dass ich alles getan hatte, was in meiner Macht stand, und ich war trotzdem nicht weitergekommen. Also gestand ich mir ein, was mir zu dieser Zeit nicht leichtgefallen war, dass ich Unterstützung brauchte.

Mir blieb nichts anderes übrig. Ich musste etwas unternehmen! Dass die Geistheilerin denselben Vornamen wie ich und eine Anerkennung bei einem Verband hatte, liess mich sie anrufen und einen Termin vereinbaren.

Die ersten zwei Sitzungen wendete sie Metamorphose an. Das ist eine sanfte energetische Behandlung an den Füssen. Ich spürte, dass es mich entspannte und ich mich nach den Behandlungen jeweils freier fühlte. In der dritten Sitzung erlebte ich mein erstes übersinnliches Erlebnis: Sie behandelte mich an den Füssen. Ich lag ganz entspannt da. Plötzlich sah ich vor meinen geschlossenen Augen, wie sich mein Körper, der ganz golden war, aus meinem liegenden Körper heraus aufsetzte.

Wow! Das war eindrücklich! Danach begann sie mit schamanischen Heilungstechniken und einer Integrationsarbeit von Teilpersönlichkeiten nach Assagioli mit mir zu arbeiten. Ich wende heute selber eine weiterentwickelte Form der Integration von fragmentierten und verwundeten Aspekten unseres Wesens in meiner Praxis an. Diese Integration ist sehr effizient und kann schwierige Lebensumstände, eingefahrene Verhaltensmuster oder Traumata sehr effizient auflösen oder heilen.

Die Behandlungen und Übungen forderten mich damals immer wieder sehr heraus und waren auch schwierig für mich. Aber ich begann, mich selbst wieder mehr wahrzunehmen. Es kamen oft unangenehme Gefühle in mir hoch, doch danach fühlte ich mich jeweils freier und gelöster.

Sie zeigte mir auch, wie ich meditieren konnte. Und ich begann jeden Morgen und Abend für etwa zehn bis zwanzig Minuten zu meditieren. Diese stillen Phasen beruhigten meinen Verstand und ich öffnete mich für Selbstreflexion und für das Bewusstsein meiner selbst. Einige Jahre später erkannte ich, dass ich während den Meditationen meinen Körper energetisch verliess. Viele Menschen tun das unbewusst, wenn sie in diesen herrlich friedlichen und ruhigen nicht-körperlichen Zustand hineinkommen. Nach dieser Erkenntnis gab ich das Meditieren auf und begann mit dem bewussten Atmen. Das kann ich überall und zu jeder Zeit anwenden. Es ist sehr hilfreich, um steckengebliebene Energien und beklemmende oder ängstliche Gefühle zu lösen. Das Atmen zentriert mich im Körper, es beruhigt meinen Verstand und lässt mich sehr lebendig fühlen.

Heute vermittle ich das bewusste Atmen in meiner Praxis. Manchmal sind meine Klienten etwas skeptisch, wenn ich ihnen sage, dass der einfache, natürliche und bewusste Atem ihr Leben verändern kann. Wenn sie dann aber das bewusste Atmen anzuwenden beginnen, sind sie oft überrascht, dass ein so einfaches Werkzeug so viel in ihrem Leben verändert und dass sie sich viel besser fühlen.

Reise zu den Sternen

Gestärkt und mit einem neuen Gefühl für mich selbst machte ich mich Anfang 1991 auf die Reise nach Asien. Wir reisten mit der transsibirischen Eisenbahn von Moskau nach Peking mit einem Zwischenhalt in Sibirien am Baikalsee. Nach einer Woche in Peking reisten wir mit dem Zug quer durch China bis nach Hongkong. Wir besuchten die Philippinen und Indonesien. Später reiste ich alleine weiter in Indonesien, nach Hongkong und nach Japan. Durch das Reisen in öffentlichen Verkehrsmitteln und das Zimmermieten bei Einheimischen erlebten wir die verschiedenen Kulturen sehr intensiv.

Ich lernte mich selber besser kennen. Und ich erlebte, dass ich in fremden Ländern mit Menschen ohne Probleme kommunizieren konnte, auch wenn wir keine gemeinsame Sprache hatten.

Auf einer wunderschönen Insel im indischen Ozean, weitab vom Alltagsleben, hatte ich ein zweites übersinnliches Erlebnis:

Es war dunkel und ich lag im Bett. Da unsere Hütte in der Nähe des Strandes lag, konnte ich die Brandung hören. Mit der Zeit hatte ich das Gefühl, als würde mich das Meer hin und her wiegen.

Ich fand es herrlich, mich so getragen zu fühlen, als plötzlich vor meinen geschlossenen Augen ein winziger Lichtfunke auftauchte, der sich in atemberaubender Geschwindigkeit über mein ganzes Blickfeld hinaus in ein strahlend weisses Licht ausdehnte.

Das war so stark und wundervoll, dass ich mich wahnsinnig erschreckte. Durch diesen Schrecken verschwand der Lichtfunke sofort. Ich lag im stockdunklen

Raum und wurde plötzlich extrem traurig. Ich hatte das Gefühl, vor etwas unbeschreiblich Wichtigem zurückgewichen zu sein. Irgendwie ahnte ich, dass ich es nicht zurückholen konnte und das Gefühl der Präsenz, die ich in dem Licht wahrgenommen hatte, fehlte mir sofort.

Am nächsten Morgen fühlte ich mich wie immer, doch als mir das Erlebnis der vergangenen Nacht wieder einfiel, war ich immer noch geschockt. Ich war an einem der schönsten Orte der Welt und ich war traurig. Nichts konnte mich trösten. Ich hatte das Gefühl, etwas unbeschreiblich Wertvolles verloren zu haben.

Diese Melancholie konnte ich damals nicht verstehen. Ich war in ein grosses, tiefes und dunkles Loch gefallen. Dieses Gefühl hielt zwei Wochen lang an. Aus Erfahrungen, die ich später noch machen sollte, weiss ich heute, dass dies geschehen kann, wenn man eine so grosse Energieerhöhung erlebt.

Nach meiner Rückkehr

Etwa zwei Wochen nach meiner Rückkehr aus Asien kam auch meine drei Jahre jüngere Schwester von einer längeren Reise zurück. Wir hatten in den letzten Jahren, seit ich zu Hause ausgezogen war, nur noch selten Kontakt gehabt, weil wir unterschiedliche Interessen hatten. Zufälligerweise war sie fast zur selben Zeit wie ich ein paar Monate in Übersee gewesen. Der lange Auslandsaufenthalt hatte nicht nur mich verändert, sondern auch sie, und wir fingen an, eine ganz neue Beziehung zueinander aufzubauen.

Wir beide interessierten uns nun für spirituelle Themen, besuchten in den folgenden Jahren gemeinsam Seminare und es entwickelte sich langsam eine sehr nahe und liebevolle Beziehung - ganz anders als in unserer Kindheit.

Nun musste ich wieder eine Arbeit finden. Ich wusste nicht genau, was ich tun wollte, aber in die Pflege wollte ich nicht zurück.

Da sah ich eines Tages ein Stellenangebot, das mich ansprach. Ich wurde in einem Durchgangsheim für Asylbewerber als Arbeits- und Wohnungsvermittlerin angestellt und betreute etwa hundertzwanzig Männer. Es war ein sehr interessanter Job. Ich begegnete sehr vielen verschiedenen Menschen mit unterschiedlichem kulturellem Hintergrund.

Damals begann ich mich auch für Psychologie zu interessieren. Der Mensch war für mich das Spannendste auf der Erde und ich wollte auch mehr über mich selbst erfahren. Bei einem Freund lag das Buch „Astrologie und

Psychologie" von Hermann Meyer herum. Ich begann darin zu schmökern und es liess mich nicht mehr los.

Zum nächstmöglichen Zeitpunkt begann ich die zweijährige Ausbildung in psychologischer Astrologie. Ich war tief beeindruckt über die Einsichten, die sich mir eröffneten.

Endlich konnte ich gewisse Verhaltensweisen begreifen, die für mich bis dahin völlig unverständlich waren. Ich lernte, dass es viele verschiedene Energien gibt und welche Auswirkungen sie haben können. Es war äusserst faszinierend.

Beziehungskarma

Zweimal pro Jahr war ich damals als Köchin in einem Ausbildungslager der angehenden Pflegefachfrauen tätig. Diesmal war eine Frau dabei, die gross, schlank und jungenhaft war. Sie besuchte mich oft in der Küche und ich spürte, dass sie meine Nähe suchte.

Am letzten Tag lud sie mich ein, sie einmal bei ihr zu Hause zu besuchen. Als ich auf der Heimreise war, spürte ich plötzlich eine unerklärliche Sehnsucht nach ihr. Ich konnte es nicht glauben, aber es fühlte sich an, als ob ich mich in sie verliebt hätte.

Einige meiner Freundinnen lebten Frauenbeziehungen. Weil ich schon lange keine Partnerschaft mehr hatte, sagten sie mir, ich solle mich doch mal auf eine Beziehung mit einer Frau einlassen. Doch das konnte ich mir einfach für mich nicht vorstellen, denn ich fühlte bislang keine Anziehungskraft.

Und jetzt, völlig unerwartet aus heiterem Himmel, empfand ich sie doch. Zaghaft wählte ich, mich auf diese Erfahrung einzulassen. Am Anfang war es sehr schwierig für mich, denn ich war verliebt, aber die körperliche Anziehung, die ich sonst immer spürte, war nicht da. Ich war hin und her gerissen und verunsichert, denn ich konnte mir einfach nicht vorstellen, wie das funktionieren sollte.

Trotzdem begannen wir, unsere Freizeit miteinander zu verbringen und es war sehr schön zusammen. Gleichzeitig war es aber auch sehr schwierig und wir hatten viele intensive Auseinandersetzungen, weil starke Emotionen in mir hoch kamen. Ich konnte einfach nicht akzeptieren, dass ich mich so hin und her gerissen fühlte.

Aber etwas zog mich einfach magisch an. Wie ich später erkannte, ist diese starke Anziehungskraft und das hin und her gerissen sein ein typisches Kennzeichen für eine karmische Beziehung.

Da man in der Regel in der Vergangenheit etwas sehr Schwieriges miteinander erlebt hat, entsteht diese starke Anziehung, sonst würde man sich nicht mehr aufeinander einlassen. Da wir heute aber in einer Zeit der Auflösung leben, möchten karmische Beziehungen auf eine neue Ebene gebracht werden, so dass alle Beteiligten frei und souverän von ihnen werden. Erst viele Jahre später erkannte ich das alles. Ich bin sehr dankbar für diese Erfahrung und die Partnerschaft, die wir damals hatten.

Meine Freundin sagte einmal lachend zu mir: „Ich weiss, wenn wir einmal nicht mehr zusammen sind, dann wirst du nie mehr mit einer Frau eine Partnerschaft haben. Irgendwie geht es nur mit mir." Ja, das war auch so. Worum es in unserer Beziehung wirklich ging, zeigte sich mir erst ein paar Jahre später. Mehr dazu werde ich im Kapitel „Noch ein Vorleben" schildern. Kurze Zeit später ging unsere Beziehung auseinander. Unser Auftrag war sozusagen erfüllt.

Erste Begegnung mit Engeln

Auf Empfehlung meiner Schwester besuchte ich zum ersten Mal in meinem Leben eine klassische Massage. Es war eine schöne Erfahrung. Ich genoss diese für mich neue Form von Berührung.

Am Schluss deckte mich die Masseurin zu und sagte, ich solle einfach liegen bleiben, sie verlasse jetzt den Raum für ein paar Minuten. Mein Körper fühlte sich angenehm warm und entspannt an.

In diesem Moment spürte ich eine Präsenz im Raum. Ich öffnete meine Augen und sah eine leuchtend hellgrüne Farbe neben mir schweben. Plötzlich kam ein wunderbarer, blumiger Duft auf.

Ich sah diese hellgrüne Wolke nur aus den Augenwinkeln und es fühlte sich unheimlich gut an. Sie blieb für eine lange Zeit da und erst kurz bevor die Masseurin wieder in den Raum kam, ging sie weg.

Es war eine wunderbare Erfahrung. Jahre später wurde mir klar, dass dies ein geistiges Wesen war, das ich in diesem offenen und entspannten Zustand wahrnehmen konnte.

Erst in den letzten Jahren habe ich diese hellgrüne Wolke ab und zu wieder gesehen. Ich freue mich immer sehr darüber, ihre liebevolle Präsenz zu spüren. Es ist so schön zu fühlen, nicht alleine zu sein.

Auch in den folgenden Jahren hatte ich mehrere Erlebnisse mit Engeln. Einmal, als ich ziemlich traurig war und aus einem Fenster guckte, erlebte ich wie ein Engel mich liebevoll in seine Arme nahm.

Es wirkte so echt, dass ich mich umdrehen und nachschauen musste, ob wirklich kein Mensch da war. Ein anderes Mal spürte ich einen liebevollen Schubser von hinten und ich stolperte sogar leicht vorwärts, obwohl hinter mir niemand gestanden hatte.

Begegnung mit Geistern

An Geister glaubte ich nicht. Ich schaute mir auch keine Horrorfilme an, denn für mich waren die Spannung und die gruselige Atmosphäre unangenehm. Ich wusste, dass es Leute gab, denen Geister in ihrem Leben begegnet sind. Aber damit wollte ich nichts zu tun haben.

Doch dann geschah Folgendes: Als ich genug Erfahrungen mit Wohngemeinschaften gesammelt hatte, wollte ich zum ersten Mal eine eigene Wohnung mieten. Also zog ich in ein neu renoviertes, altes Bauernhaus.

Die ersten zehn Tage lebte ich dort ganz alleine, weil meine Nachbarn erst später einzogen. Das Haus stand am Waldrand, etwas entfernt vom Dorf, mit herrlichem Blick auf den See und die Berge.

Als ich in diesen Tagen einmal mein Badezimmer verliess, ging das Licht wieder an. Ich wusste, dass ich es gelöscht hatte, ging zurück und wollte es nochmals löschen. Dort sah ich, dass auch der Wäschetrockner eingeschaltet war. Ich hatte ihn bis dahin noch nie benutzt.

Das machte mich stutzig. Also stellte ich den Trockner aus und löschte das Licht erneut. Dann ging ich in die Küche und dort war eine Herdplatte eingeschaltet.

Da platzte mir der Kragen und ich sagte mit lauter Stimme ohne zu überlegen: „Jetzt reicht's, ihr könnt hier bleiben, aber mit Elektrizität wird hier nicht mehr gespielt! Dieses Haus besteht fast nur aus Holz und es ist mir zu gefährlich, wenn ihr damit herummacht!"

Erst im Nachhinein kam etwas Angst in mir auf. Aber ich war mit mir klar und erinnerte mich daran, dass ich ihnen gesagt hatte, was ich möchte! Seither hatte ich nie mehr eine solche Begegnung.

Durch diese Erfahrung konnte ich erkennen, dass man als Mensch immer das Sagen hat - auch mit Geistern oder dunklen Mächten. Es geht darum zu erkennen, dass es keine Energie gibt, die grösser als man selbst ist. Auch wenn sie so tut, es stimmt nicht. Dann kann man an sich glauben und es funktioniert.

Mein Erwachen beginnt

Dieses Bild habe ich 1995 in einem Seminar gemalt, in der Zeit, als mein Erwachen begann. Es war mir viele Jahre ein inniger Begleiter auf der Reise zu meiner inneren Wahrheit.

Die erste Welle

Seit der Rückkehr von meiner Asienreise hatte ich in verschiedenen Arbeitsstellen Asylbewerber betreut. Mir gefiel diese Auseinandersetzung mit anderen Kulturen und Weltanschauungen. Und ich beobachte, wie unterschiedlich diese Menschen mit ihrer Situation umgingen und ihr Leben gestalteten.

1995 schloss ich die zweijährige nebenberufliche Ausbildung in psychologischer Astrologie ab und spürte, dass ich mit Menschen in Einzelsitzungen arbeiten wollte. Ich wollte sie auf ihrem eigenen Weg begleiten und sie darin unterstützen, mehr von sich selber zu erkennen und das Leben so zu gestalten, wie sie wollten.

Endlich wusste ich, was ich beruflich tun wollte. Ich war damals 31 Jahre alt. In diesem Jahr besuchte ich viele Seminare und Ausbildungen. Ich war begeistert. Die neue Welt der Spiritualität hatte sich mir eröffnet.

Meinen Freunden erzählte ich immer wieder von den für mich bahnbrechenden Erkenntnissen und Erfahrungen, doch viele interessierten sich gar nicht dafür. Ich hatte etwas so Wichtiges entdeckt und konnte manchmal nicht verstehen, dass es für andere nicht so bedeutend war wie für mich.

Ich las viel und begegnete einem Buch, das mir viele tiefe Erinnerungen zurückbrachte. Es erklärte auch, dass das, was ich fühle und durchmache, ganz normal ist. Für mich war das zu dieser Zeit sehr wichtig, weil ich mich manchmal fragte, weshalb mein Leben so anders als das der meisten Leute war, die ich damals kannte.

In diesem Buch erfuhr ich auch zum ersten Mal, dass wir in einer Zeit leben, in der die Menschen in Wellen erwachen werden und dass sich viele in den nächsten Jahren auf die Suche nach ihrem eigenen wahren Wesen begeben werden.

Ich spürte in mir den ganz tiefen Wunsch, dass ich zu dieser ersten Welle gehören möchte. Das erschreckte mich, denn dieser Wunsch kam aus einem Bereich meines Wesens, zu dem ich keinen bewussten Zugang hatte. Ich begann darüber nachzudenken was ich tun könnte, um das erleben zu können. Doch ich spürte, dass ich dafür keine Aufgabe erfüllen oder eine Leistung erbringen konnte. Es würde einfach geschehen.

Also vertraute ich meinem inneren Wesen oder meiner Seele, dass sie schon weiss, wie das geht. Ich überliess ihr bewusst die Führung, damit ich meinen sehnlichen Wunsch in meine Realität bringen konnte.

In dieser Zeit hatte ich einen Traum, der so echt wirkte, dass ich aus dem Schlaf hochschreckte. In diesem Traum wurde mir eröffnet, dass ich, wenn ich ungefähr vierzig Jahre alt war, an Krebs sterben würde, wenn ich mit meiner Entwicklung nicht vorwärts machen würde.

An diesen Traum erinnerte ich mich in den nächsten Jahren immer wieder. Er spornte mich an, weiter zu gehen, wenn ich nicht mehr konnte, mir mein Leben zu viel wurde oder ich das Gefühl hatte, ich sei total daneben. Mit Ende dreissig kam dann die innere Gewissheit, dass ich im Zeitplan sei und ich nicht so früh sterben werde. Das erleichterte mich sehr.

Neues Arbeiten

1995 besuchte ich auch ein mehrtägiges Seminar zur Heilung des inneren Kindes. Dort kam ich zum ersten Mal mit Aura-Soma in Kontakt. Die Leiterin hatte verschiedene kleine farbige Plastikfläschchen mitgebracht. Ab und zu verteilte sie ein paar Tropfen und wir konnten die herrlich riechende Essenz in die Aura einfächeln.

Dabei spürte ich jedes Mal, wie sehr mir das half: Manchmal linderten sie meinen Schmerz, manchmal fühlte ich mich erleichtert oder getröstet. Ich setzte mich immer wieder neben diese süssen Fläschchen. Aber ich schaute nie nach, was es denn genau war. Ich war einfach froh, dass diese Essenzen da waren und fühlte mich mit ihnen wohl.

Meine Mutter fragte mich nach dieser Woche, welche Art Seminar ich eigentlich besucht hatte. Sie und mein Vater litten die ganze Woche unter eigenartigen, für sie unbekannten, Rückenschmerzen. Ich fühlte, dass das im Zusammenhang mit meinem Prozess stand: Es war ein sehr intensives Seminar gewesen und ich hatte gespürt, wie viel ich in mir bewegt hatte.

So erlebte ich zum ersten Mal, dass meine Entwicklung auch Folgen für meine Familie hatte. Mir wurde klar, dass ich Teil eines Familiensystems war, das energetisch verbunden ist und wenn eine Person Bewusstseinsschritte macht, dann hat es auch Auswirkungen auf die anderen Beteiligten.

Dadurch erkannte ich, dass die Einzelarbeit, die ich tun wollte, auch eine Veränderung im Umfeld des Klienten bewirken würde. Das war nicht unbedingt das Ziel, aber ein Nebeneffekt.

Ich erlebte, was in der Quantenphysik beschrieben wird; dass wir auf einer tiefen Ebene miteinander verbunden sind und so Bewusstseinsschritte eines Einzelnen an die anderen weitergegeben werden.

Rupert Sheldrake mit der These der morphogenetischen Felder bestätigte mein Gefühl. Er konnte beweisen, dass es so genannte Bewusstseinsfelder gibt. Diese können ohne direkte Vermittlung des Wissens von anderen Lebewesen wahrgenommen und umgesetzt werden.

Damals spürte ich instinktiv, dass ich meine eigene Arbeit in die Richtung Bewusstseinsentwicklung bewegen wollte. Denn ich sah in den Geburtshoroskopen Anlagen, die erlöst oder unerlöst erlebt werden konnten. Es war dieselbe Energie, aber sie konnte sich so oder so zeigen, wie zwei Seiten einer Münze.

Mir wurde bewusst, dass wir in einer dualen Welt leben, in der immer beide Seiten vorhanden sind. Der erste Schritt zu einer Veränderung war, dass ich dem Klienten darüber Bewusstsein vermittelte. Wenn zum Beispiel jemand mit Geldproblemen in die Beratung kam, konnte ich die Energiedynamik im Horoskop finden und ihm die erlöste, positive Seite zeigen. Oft begann der Klient zu strahlen, weil er erkannte, dass er von der Lösung gar nicht so weit entfernt war, wie er geglaubt hatte.

Immer wieder wurde ich in den Beratungen gefragt, wie man dies nun praktisch im Alltag umsetzen könnte. Ich bemerkte dabei, dass ich allein durch das Hilfsmittel der Astrologie für die praktische Umsetzung zu wenig Instrumente in der Hand hatte.

Und langsam wuchs der Wunsch in mir, mehr darüber zu lernen, wie ich Menschen vermitteln konnte, ihre Veränderung Schritt für Schritt selber durchzuführen. Das Beschreiben seiner Anlagen und Fähigkeiten, welche ich im Geburtshoroskop sah, reichte mir nicht mehr aus. Es passte also, dass ich schon zwei Jahre nach Ausbildungsende spürte, dass es an der Zeit war, die astrologischen Beratungen nicht mehr anzubieten. Ich wollte mit der Seele oder dem inneren Potenzial des Menschen arbeiten.

Also beschloss ich meinem inneren Gefühl und Aufruf zu folgen. Ich konnte es zwar nicht verstehen, denn ich hatte viel Zeit und Geld in diese Ausbildung investiert mit dem Ziel, auch damit zu arbeiten und einen Teil meines Einkommens damit bestreiten zu können.

Jahre später erkannte ich, dass diese Investition kein Verlust gewesen war, sondern dass ich mir durch die Ausbildung in psychologischer Astrologie wichtiges Grundlagenwissen und Selbsterkenntnis erarbeitet hatte. Auch wenn ich es nicht mehr direkt in dieser Form anwendete, hatte ich mir dadurch eine Basis erschaffen.

Eine Investition in mich selber kann nie verloren gehen. Denn all die verschiedenen Seminare und Reisen ermöglichten mir Erfahrungen und Begegnungen, die ich nicht missen möchte.

Es gab zwei verschiedene Stimmen in mir: Einerseits die Stimme, die das alles wusste und andererseits die Stimme, die sich mehr an gesellschaftlichen Werten wie Zielen und Absichten orientierte. Heute würde ich sagen, es war einerseits die Stimme meiner Seele und andererseits die Stimme meines Menschseins.

Erst viel später begriff ich, wie unsere Seele oder die eigene Göttlichkeit funktioniert: Sie will sich einfach erleben und erfahren. Für sie gibt es keine Bewertung der Erfahrungen. Ob es eine schmerzhafte oder eine fröhliche Erfahrung ist, ist für sie gleichwertig. Sie kennt kein Urteil. Es ist, was es ist - einfach eine Erfahrung.

Aura-Soma

Kurze Zeit nach dem Seminar zur Heilung des inneren Kindes, fand ich in einer Buchhandlung ein Buch über Aura-Soma. Ich blätterte darin und sah ein Foto von genau denselben Plastikfläschchen, bei denen ich mich im Seminar immer so wohl gefühlt hatte.

Ich war freudig überrascht und da fiel mir ein, dass ich den Namen der Essenzen gar nicht gekannt hatte. Mein Inneres sagte: „Kauf dieses Buch." Mein Denken konnte es nicht verstehen. Trotzdem nahm ich es mit und las es. Ich war begeistert und ein paar Tage später erfuhr ich, dass es in einer anderen Stadt einen Vortrag dazu gab. Natürlich besuchte ich ihn und sah dort zum ersten Mal all die farbigen Glasfläschchen. Sie funkelten mich richtig an. Ihr Anblick überwältigte mich.

Kurzerhand entschloss ich mich, die Ausbildung zur Aura-Soma Beraterin zu besuchen. Zwar hatte ich Bedenken, ob das wieder etwas sei, was ich danach nicht anwenden würde. Doch meine spontane innere Antwort war: „Das weiss ich nicht, aber ich spüre einfach tiefe Freude. Und die gönne ich mir."

Ich erkenne heute, wie liebevoll ich damals zu mir war. Die Stimme der Vernunft war zwar immer da mit ihren Zweifeln und Ängsten, doch sie konnte die Stimme meiner Seele nicht übertönen. Wenn es darauf ankam, folgte ich immer ihr. Obwohl das manchmal sehr verwirrend und schwierig war, weil ich den Grund dafür nicht benennen konnte.

In der Ausbildung zur Aura-Soma Farbberaterin stand ich einmal in einer Pause vor dem ganzen Flaschen-Set. Ich liebte es sehr, die Flaschen einfach anzuschauen. Plötzlich durchzuckte mich ein tiefer Schmerz. Es fühlte sich an, als ob mein Körper in der Mitte und von oben bis unten auseinander gerissen worden sei. Dieses Gefühl war schrecklich.

Da zog eine Flasche aus dem Set meinen Blick magisch an. Beim Anschauen dieser Flasche spürte ich Heilung und Besänftigung. Damals kannte ich die Bedeutung der Flaschen noch nicht, deshalb habe ich später im Buch nachgeschaut. Es war die Flasche Nr. 79 mit dem Thema: spiritueller Schock.

Nun hatte ich einen Anhaltspunkt. Es muss also einmal etwas ganz Schlimmes vorgefallen sein. Mit der Zeit vergass ich dieses Erlebnis wieder. Es sollte mir erst viele Jahre später wieder in Erinnerung kommen. Mehr dazu später in diesem Buch.

Am meisten gefiel mir bei der Arbeit mit Aura-Soma, dass der Klient seine schönsten Flaschen selber aussucht. Ich spürte, dass dieses Vorgehen die Intuition und das innere Wissen im Menschen anspricht und bestätigt. Immer noch bin ich jedes Mal berührt, wenn jemand seine Flaschen auswählt und dann erfährt, wie zutreffend sie seine Situation beschreiben.

Einmal hat eine mir vorher ganz unbekannte Frau gesagt: „Was du mir über meine vier selbst ausgewählten Flaschen erzählt hast, hätte meine vertrauteste Freundin mir nicht sagen können. Ich antwortete ihr: „Weißt du, es ist deine Seele, die die Flaschen nach ihrer Schönheit ausgewählt hat. Das ist die Sprache der Seele, die ich dir übersetzt habe. Und wer könnte dich besser kennen als dieser ewige Teil von dir?"

Ein Vorleben

Ich benutzte damals regelmässig Aura-Soma, um mich zu unterstützen und meine Entfaltung zu begleiten. In dieser Zeit erinnerte ich mich während einer Meditation zum ersten Mal an ein Vorleben. Ich sass ganz ruhig da und beobachtete meinen Atem, als ich plötzlich Zeuge eines inneren Filmes wurde:

Ich sah einen jungen Mann bei seiner Hinrichtung. Als ihm der Kopf abgeschlagen wurde, trat ein weisser Rauch aus seinem Hals aus. Er stieg auf und zog durch die Zeiten, um sich dann in meinen jetzigen Körper hinein zu begeben. Ich spürte, dass es ein Teil von mir war, der zu mir zurückgekommen war. So erfuhr ich, dass es Wiedergeburt oder Reinkarnation wirklich gibt.

Mit meinem heutigen Bewusstsein nehme ich die Vorleben nicht mehr als lineare Abfolge wahr, sondern in einer multidimensionalen Gleichzeitigkeit, die mein Denken nicht wirklich erfassen kann. Denn die lineare Zeit findet nur im Verstand statt.

Tiere, Kleinkinder und die Natur leben ausserhalb der linearen Zeit. Ich glaube, dass das Jahr 2012, das die Mayas als das Ende des Kalenders und somit auch als das Ende der Zeit vorhergesagt haben, mit der veränderten Bedeutung der linearen Zeit für uns zu tun hat. Es ist also nicht ein absolutes Ende der Welt, sondern ein Ende der Zeit, so wie wir sie seit langem gekannt haben.

Energien

Mittlerweile lebte ich seit etwa zwei Jahren im Kanton Obwalden und arbeitete als Sachbearbeiterin auf einem Fürsorgeamt für Asylbewerber. Im Frühsommer wurde mein Arbeitsplatz in ein anderes Büro verlegt. Von da an fühlte ich mich jeden Abend wie verdreht in mir. Ein sehr unangenehmes Gefühl. Ich erzählte es einem Freund, der Wasseradern pendelte. Er sagte: „Gib mir mal deine Hand. - Ich hab's vermutet, du bist auf einer Wasserader! Aber bei dir zu Hause haben wir schon gependelt. Dort ist es nicht. Es muss im neuen Büro sein, weil es dir ja vorher gut ging."

Als er im Büro alles ausgependelt hatte, stellte sich heraus, dass ich direkt auf einer Kreuzung von zwei Wasseradern sass. Den Arbeitsplatz zu wechseln war nicht möglich. Es fiel mir auch auf, dass mich in letzter Zeit die Schicksale der Asylbewerber mehr belasteten als früher. Ich spürte, dass ich etwas ändern musste, obwohl mir die Arbeit sehr gefiel. Ich erinnerte mich, dass diese Probleme begannen, nachdem ich meine Reiki II Ausbildung absolviert hatte. Reagierte ich nun empfindlicher auf Energien?

Ich beschloss nach reiflicher Überlegung, meine Stelle als Sachbearbeiterin für Asylbewerber auf Ende September zu kündigen. Seit ich vor zwei Jahren nach Obwalden umgezogen war, hatte ich dort gearbeitet. Es wurde mir einfach zu belastend und ich verlor die Freude an meiner Arbeit. Ich hatte zwar noch keine neue Stelle in Aussicht, aber mein Erspartes reichte für ein paar Monate ohne Arbeit, wenn ich im Herbst nicht gleich etwas finden würde. Wie vorausschauend und passend das alles war, wurde mir erst Ende des Jahres bewusst.

Noch ein Vorleben

Im Sommer 1995 reiste ich mit meiner Freundin nach England. Wir machten unter anderem auf eigene Faust eine Reise zum Aura-Soma Zentrum in Tetfort. Die Anlage und vor allem der wunderschöne Garten wurden uns gezeigt. Ich fühlte die Präsenz der verstorbenen Gründerin von Aura-Soma, Vicky Wall, sehr stark. Wir durften so lange im Garten verweilen, wie wir wollten. Mein Zustand veränderte sich dort: Ich war berührt, erschüttert und musste grundlos weinen. Weshalb ich mich so fühlte und was überhaupt mit mir los war, war mir nicht klar. Als ich das Zentrum verliess, ging ich an einem Portrait von Vicky Wall vorbei. In diesem Moment fiel das Sonnenlicht auf ihr Gesicht und es leuchte richtig auf. Ich fühlte in dem Moment, dass es ihr Abschiedsgruss für mich war. Irgendwie beruhigte mich das wieder.

Ein Freund empfahl uns, das Städtchen Lincoln, das ganz in der Nähe des Aura-Soma Zentrums liegt, zu besuchen. Wir kamen gegen Abend am Bahnhof an und eines meiner erschütterndsten Erlebnisse sollte bald seinen Lauf nehmen:

Das schmucke mittelalterliche Städtchen liegt auf einem sanften Hügel, der die flache Landschaft überragte. Wir spazierten durch die Hauptgasse den Hügel hoch. Als wir oben auf dem Platz ankamen, sah ich links die Burg und rechts die Kathedrale. Vor meinem inneren Auge spielte sich blitzschnell ein Film ab: Ich sah mich dort als Lord und Burgherr, verheiratet mit einer schönen Frau.

Die Ehe war arrangiert worden. So wie es damals in den adeligen Kreisen üblich war. Meine Frau gefiel mir. Ich bewunderte sie und wollte sie lieben, aber es gelang mir einfach nicht. Mein Herz war verschlossen. Einmal an einer Veranstaltung am Hofe sah ich, wie ihr Gesicht strahlte, als sie einen bestimmten Mann aus meinem Gefolge erblickte. Auch sein Gesicht leuchtete, als er sie anschaute. Ich erkannte, dass das wohl die Liebe sei – die, die ich nicht fühlen konnte, so sehr ich das auch wollte.

Der Schmerz, der durch diese Erkenntnis ausgelöst wurde, war abgrundtief. Ich konnte dies nicht lange mit ansehen und fand einen Weg, meinen Hof zu verlassen und auf einem der Kreuzzüge für Gott zu kämpfen. Weit weg von zu Hause führte ich viele Schlachten. Für Gott tötete ich. Bis ich Jahre später auf dem Schlachtfeld erkannte, dass dieses Gemetzel nicht Gottes Wille sein konnte. Als ich diesen Irrsinn erkannte, fiel ich auf meine Knie und erlaubte getötet zu werden.

Dies alles ging wie ein Blitz durch mich hindurch und ich war zutiefst erschüttert. Ich fühlte auch, dass diese Frau von damals meine jetzige Partnerin war. Diese Seele zu der ich mich auf so unerklärliche Art hingezogen fühlte.

Meine grösste Angst in dieser Situation war, meinen Verstand zu verlieren. Ich sagte nichts und ging weiter. Meine Freundin spürte, dass etwas mit mir nicht in Ordnung war. Doch ich wollte nichts sagen. Zu gross war meine Angst, völlig durchzudrehen.

Wir verbrachten mehrere Stunden in dieser Anspannung. Abends, nach mehrmaligem Fragen, stellte sie mich vor ein Ultimatum: Ich sollte ihr jetzt endlich sagen, was mit mir los war! Das erforderte eine grosse Überwindung meiner Ängste und ich nahm ihr zuerst das Versprechen ab, dass sie mich nicht in eine Klinik einliefern dürfe. Erst danach erzählte ich ihr, was ich am Nachmittag erlebt hatte. Ich zitterte vor Aufregung. Und ich war total erstaunt über ihren Kommentar.

Das einzige, was sie nach meiner Erzählung sagte, war: „Das kann so gewesen sein." – Ich hatte mich gerade einer meiner grössten Ängste gestellt: Wenn ich enthülle, wer ich wirklich bin, dann würden mich die anderen steinigen, enthaupten, mich als eine Ketzerin, Hexe oder Verräter von einer Klippe stürzen oder mindestens mich in eine Anstalt sperren. Aber vielleicht? War's das? Ist das möglich?

„Was?... Ehrlich, hast du das Gefühl?", fragte ich. Sie erwiderte: „Ja, wieso nicht?" Welche Erleichterung für mich! Mein Herz wurde sofort viel freier. Ich konnte es kaum fassen, dass sie mich nicht für verrückt hielt. Sie erinnerte mich daran, dass ich sie manchmal „meine Königin" nannte. Das würde zur Geschichte passen. Sie meinte, dass wir in Lincoln so lange bleiben sollten, bis ich das Gefühl hätte, dass ich hier abgeschlossen habe. Eigentlich wäre ich am liebsten sofort wieder abgereist. Doch ich spürte, dass sie Recht hatte.

Diese Erinnerung an ein Vorleben war so unerwartet und intensiv, dass ich Zeit benötigte, es setzen zu lassen. Ich spürte auch, dass diese Geschichte der Schlüssel zu meinen Schwierigkeiten mit Partnerschaften war. Es zeigte sich sozusagen symbolisch, weshalb die Energien der Liebe und Partnerschaft in meinem Leben durcheinander waren. Diese Geschichte begleitete mich noch viele Jahre. So lange, bis ich mein inneres Ungleichgewicht wieder ausgeglichen hatte.

Drei Tage lang haben wir uns den Ort, die Burg und die Kathedrale angeschaut. Ich spürte, dass diese Person von damals massgeblich an dem Bau der Kathedrale beteiligt war. Und plötzlich erinnerte ich mich daran, dass ich auf meinen bisherigen Reisen immer Kirchen und Kathedralen besucht hatte, aber nur um ihre Architektur zu bewundern. Ich hatte mich schon oft gefragt, weshalb mich diese Bauwerke immer so magisch angezogen hatten.

Nach dieser Erkenntnis und Integration liess mein Interesse an Kirchenbauten bald nach. Ich fühlte mich auf meinen weiteren Reisen von diesem Zwang befreit. Aus meiner Erfahrung weiss ich heute, dass diese Entwicklung immer nach der Integration eines Themas geschieht: Man wird davon frei.

Nach drei Tagen, in denen mir noch mehr Details zu meiner Geschichte eingefallen sind, fühlte ich mich bereit, weiterzureisen.

Wenn ich dies damals nicht selbst erlebt hätte, hätte ich nicht geglaubt, dass so etwas möglich ist. Damals ist mir klar geworden: Wenn es wichtig ist, sich an Vorleben zu erinnern, werden diese Erinnerungen einfach auftauchen. Wir werden an Orte geführt, sehen einen Film, lesen ein Buch oder haben andere Auslöser. Damals empfand ich diese Erinnerung als Last und nicht als etwas Erstrebenswertes. Ich fühlte, dass die Psyche bereit sein muss, bevor solche Erinnerungen aufsteigen können.

Grossvater

Ende September nahm ich an einer Weiterbildung zur Schulung der Medialität teil. Es wurde von einem damals etwa Mitte 50jährigen ehemaligen Ingenieur geleitet, der sich in England zu einem Medium hatte ausbilden lassen.

Während des Seminars malte ein Assistent eine Auragraphie. Als ich das Bild beim Vorbeigehen in einer Pause sah, war ich total fasziniert. Spontan dachte ich: „Oh wie schön, wenn es nur Meines wäre!" Als er fertig war, rief ihn der Seminarleiter nach vorne und fragte, für wen er dieses Bild gemalt hätte. Er nannte meinen Namen. Ich war total überrascht und ziemlich aufgeregt!

Zuerst erzählte der Maler, was er beim Zeichnen wahrgenommen hatte. Danach äusserte sich noch der Seminarleiter dazu. Es berührte mich tief, denn man sah auf dem Bild, dass ich früh in meinem Leben einen Bruch in meiner Welt erlebt hatte. Das waren die aufgelöste Partnerschaft und mein Berufstraum um die zwanzig gewesen. Und dass ich darauf gezwungenermassen etwas ganz Neues am Aufbauen sei. Ganz oben auf dem Bild – in der Zukunft – sah man einen vielfarbigen, grossen, leuchtenden Stern mit dunkelblauem Hintergrund. Er hatte mich so fasziniert, und Dunkelblau ist meine Lieblingsfarbe.

Dieser Stern bedeute, dass ich alles zusammenbringen und mein Licht strahlen lassen würde. Ich war ganz glücklich und die Lesung schien beendet zu sein, als das Medium plötzlich sagte: „Da ist noch jemand. Ich sehe einen alten Mann. Dein Grossvater? - Er raucht." Ja, einer meiner beiden Grossväter war ein starker Raucher gewesen.

Mein Grossvater sei beunruhigt, weil er etwas nicht abgeschlossen habe. Etwas sei noch offen. Es handle sich um eine Geldangelegenheit. Ob ich wisse, was das sei. Ja, das wusste ich. Es war seine Erbschaft, die er nicht gleichmässig unter seinen Kindern aufgeteilt hatte. Und als er es noch zu Lebzeiten hätte regeln sollen, erkrankte er an Alzheimer.

Diese Angelegenheit hatte zu einem Streit unter den Geschwistern geführt. Meine Grossmutter litt deshalb. Doch sie konnte nichts tun. Das Medium sagte, ja, das sei es. Mein Grossvater frage mich, ob ich ihm helfen würde. Es belastete ihn im Nachhinein, dass er die Angelegenheit nicht geregelt hatte und dass es einen Zwist zwischen seinen Kindern verursacht hatte. Ich sagte: „Ja, das mache ich gerne. Ich weiss nur nicht wie." Darauf liess mein Grossvater mich durch das Medium wissen, dass er die Umstände dafür erschaffen würde und ich dann bei Gelegenheit einfach meine Meinung zu dieser Erbschaftsangelegenheit äussern solle. Dazu hatte ich mich bisher nur meiner Mutter gegenüber geäussert. Meine Onkel und Tanten hatte ich seither nicht mehr gesehen.

Ich war sehr tief berührt, denn ich hatte zu Lebzeiten keine tiefe Verbindung zu diesem Grossvater gespürt, obwohl er am selben Tag wie ich zur Welt gekommen war. Ich war aufgeregt und beruhigte mich damit, dass ich gar nichts zu tun hatte, ausser im passenden Moment meine Meinung zu äussern. Also vergass ich das Ganze langsam wieder.

Glaubensfrage

Während dieser Zeit war ich in Behandlung bei einer Naturärztin. Seit Jahren litt ich einmal im Jahr an einer für jeweils eine Woche auftretenden und sehr schmerzhaften Entzündung der Stirnhöhlen. Die Ärztin eröffnete mir, dass ich einen Hefepilzbefall im Körper hätte und meine Stirnhöhlen auch davon befallen seien. Ich begann eine intensive Diät: Kein Zucker, keine Hefe, kein Mehl und dazu mehrere natürliche Heilmittel, die meinen Körper bei der Entgiftung unterstützen sollten. Diese Diät schwächte mich sehr.

Da war es gut, dass meine Freundin und ich im Oktober zwei Wochen Ferien in Israel geplant hatten. Wir wollten eine Woche lang den Wirkungsorten von Jesus entlang reisen und die zweite Woche am Strand verbringen. In Israel sah ich zum ersten Mal Männer, die mit Maschinenpistolen bewaffnet waren. Ich nahm dort eine starke und explosive Energie wahr. Kein Wunder ist es die Wiege von drei Weltreligionen, wenn hier so viel Energie vorhanden ist.

Am See Genezareth, in Nazareth und in Jerusalem hörte ich in meinem Inneren die Worte, die Jesus an seine Jünger gerichtet hatte. Ich spürte seine Liebe und Klarheit, aber auch, was die Kirche daraus gemacht hatte. Das war für mich eine Offenbarung. Jetzt hatte ich erfahren, wie Energien verdreht und manipuliert werden konnten. Es wurde mir erst viel später klar, dass das Energiestehlen und –manipulieren hier auf der Erde leidenschaftlich gespielt wird.

Als ich zurückkehrte, liess mich diese Erkenntnis nicht mehr los. Denn immer noch war mir das Vorleben mit dem sinnlosen Töten für Gott in den Kreuzzügen so nahe. Ich war katholisch erzogen worden und hatte schon lange Mühe mit der Institution Kirche. Auch die Weltfremdheit des Papstes störte mich. Jetzt war es genug! Ich schrieb schweren Herzens meinen Austritt. Denn ich liebte einige Heilige der Kirche sehr und fühlte mich mit ihnen verbunden. Auch zu Jesus und Gott hatte ich eine persönliche Beziehung. Doch es wurde mir klar, dass meine Gefühle nichts mit der Institution Kirche zu tun hatten.

Als ich die Bestätigung für meinen Austritt von der Kirche erhielt, brach ich in Jubel aus. Ich fühlte mich total befreit. Diese grosse Erleichterung hatte ich nicht erwartet. Ab diesem Zeitpunkt regte ich mich nie mehr über den Papst oder die Kirche auf. Ich gehörte ja nicht mehr zu diesem Klub und unterstützte ihn auch nicht mehr mit meiner Energie in Form von Geld. Jetzt konnten sie tun, was sie wollten – und ich auch!

Freunde erwähnten, dass die Kirche ja auch Gutes täte und es ja auch verschiedene Menschen gäbe, die wirklich ihren Glauben lebten. Ja, da stimme ich zu. Aber für mich persönlich war der Kirchenaustritt enorm wichtig. Viel später begriff ich, dass es ein wichtiger Schritt in meine Selbstverantwortung war. Ich konnte niemand anderen mehr für etwas verantwortlich machen. Die Veränderung, die ich in der Welt sehen wollte, lebte ich nun selber.

Da spürte ich zum ersten Mal in meinem Leben, wie viel Einfluss eine Zugehörigkeit hat, auch wenn man sie nicht mehr aktiv ausübt. Ich trat danach nur noch in Organisationen ein, wenn es wirklich für mich passte. Und ich verliess sie auch wieder, wenn es nicht mehr zu mir passte oder ich meine Unabhängigkeit tiefer erfahren wollte.

Grossvater wirkt

Kurz nach meiner Rückkehr aus Israel Anfang November erzählte mir meine Mutter, dass meine Grossmutter einen Unfall hatte, als sie vom Grabbesuch meines Grossvaters nach Hause gehen wollte. Sie fiel hin und brach sich den Oberschenkelhals. „Grossvater, das warst doch du, gell!", sagte ich innerlich spontan zu ihm. Damals wusste ich aber noch nicht, wie diese Geschichte weiter gehen sollte. Mitte November fragte mich meine Mutter, ob ich nicht für zwei Wochen zu meiner Grossmutter ziehen könne. Sie müsste nach dem Spitalaufenthalt in eine Kurklinik und das wolle sie ganz und gar nicht. Aber sie brauchte eine 24 Stunden Betreuung. Sie wäre auch bereit, mir einen Lohn dafür zu zahlen. Da ich damals ohne Einkommen war, hatte ich Zeit und war dankbar für diese Möglichkeit. „Oh, jetzt ist aber Grossvater kräftig am wirken", dachte ich.

Ich wusste, dass ich nicht nur meiner Grossmutter einen grossen Gefallen tun konnte, sondern auch meinem Grossvater. Als ich bei Grossmutter ankam, sah ich das Bild von Grossvater auf der Küchenbank stehen. Ich begrüsste ihn im Stillen und gratulierte ihm zu dieser cleveren Tat. Da blinkte sein Bild kurz ganz hell auf, wie wenn die Sonne darauf gefallen wäre. Doch die schien an diesem Tag gar nicht. Und ich wusste, es war alles gut.

Alle meine Tanten und Onkel, die erwachsenen Kinder meiner Grossmutter, kamen zu Besuch und das Thema der Erbschaft wurde natürlich von ihnen immer wieder angesprochen. Meine Meinung war, dass ich es auch nicht gerecht fand, dass der Sohn, der den Hof übernommen hatte, einfach den ganzen Verkaufswert erhielt. Zumal er noch nicht mal die kleine Abfindung, die seinen

Geschwistern zustand, geben wollte. Dass ich es aber auch schade fände, wenn man ihn jetzt einfach links liegen lassen und ihn deshalb aus der Familie sozusagen ausstossen würde. Er hat aus irgendeinem Grund seinen Standpunkt und fühlte sich wahrscheinlich im Recht, dies zu tun.

Diese zwei gemeinsamen Wochen brachten mich und meine Grossmutter näher. Ich hatte vorher auch zu ihr kein inniges Verhältnis. Es war eher etwas distanziert. Doch in dieser Zeit haben wir viel miteinander gelacht und auch Spannungen gemeinsam überstanden. Seither hatten wir ein sehr vertrautes Verhältnis. Ich besuchte sie nicht mehr aus Pflichtgefühl, sondern weil ich sie gern hatte und wir immer schöne Gespräche führten. Ich fühlte auch, dass Grossvaters Präsenz ruhiger und entspannter wurde und ich ihn mit der Zeit auch nicht mehr spürte. Er war frei, weiter zu gehen. Und es war mir eine Ehre, so mit ihm zusammengearbeitet zu haben.

Zusammenbruch

Als sich dann im Dezember meine Freundin in eine andere Frau verliebte und es klar war, dass unsere gemeinsame Zeit vorbei war, fiel ich in tiefen Schmerz.

Und nachdem ich bei einem energetischen Mediziner war, der mir sagte: „Ursula, was ist nur mit dir los? Du arbeitest nicht, bist aber in einem Zustand wie kurz vor einem Nervenzusammenbruch!“, da fielen ich und meine Welt schluchzend zusammen.

Da war ich nun Ende 1995. Mein Leben war ein einziges Desaster:

- – Ich hatte keinen Job und kein Einkommen

- – Ich hatte keine Partnerschaft

- – Meine Gesundheit war angeschlagen

- – Ich musste mir eine neue Wohnung suchen

Ich hatte eigentlich gar nichts mehr, was mir wichtig war. Ich war an meinem Tiefpunkt angelangt. Wie sollte ich da je wieder herauskommen?

Aufrappeln

Ich wusste, dass ich mich ab sofort wie ein rohes Ei zu behandeln hatte: Nur das tun, wenn ich Schlimmeres vermeiden wollte, was mir Freude macht und alles andere unbedingt sein lassen. Die Diät war Gott sei Dank zu Ende - und seither habe ich auch keine Stirnhöhlenentzündungen mehr gehabt.

Bei karmischen Beziehungen ist der Trennungsschmerz immens. Man trennt sich ja nicht nur von der jetzigen Beziehung, sondern auch von allen anderen aus den Vorleben. Ich hatte zwar schon seit einiger Zeit gespürt, dass sich unsere Beziehung aufzulösen begann. Aber wahrhaben wollte ich das nicht, bis es mir dann eröffnet wurde und ich nicht mehr wegschauen konnte. Ich weinte viel und fühlte einen tiefen seelischen Schmerz.

Ein paar Wochen später fiel mir eine Stellenanzeige in der Zeitung auf, die mich interessierte und ich konnte dort ein Vorstellungsgespräch besuchen. Doch meine Lohnvorstellung, die einer Pflegefachfrau, lag um 25% über ihren Vorstellungen. Ich wollte diese Stelle gerne antreten. Es ging um das Management verschiedener Teams, die als Familienhilfe zum Beispiel kranke Mütter unterstützten oder älteren Menschen Besorgungen und Putzarbeiten abnahmen. Das war interessant und eine neue Herausforderung für mich. Meine Ersparnisse würden nicht mehr lange zum Leben reichen. Doch das war für mich immer noch kein Grund zu so einem schlechten Lohn zu arbeiten. Also sagte ich die Stelle schweren Herzens ab.

Ich suchte weiter, fand jedoch nichts Passendes. Etwa zwei Monate später rief mich jener Chef wieder an und fragte mich, ob ich noch Interesse hätte. Ich sagte ihm: „Ja, sehr. Aber Sie wissen ja, dass ich diese Stelle nicht zu dem von ihnen offerierten Lohn antreten werde." Er sagte, dass er mich für diese Stelle wolle und wenn ich einverstanden sei, werde er meine Lohnforderung vor dem Stiftungsrat vertreten. Ihm wurde in der Probezeit der neuen Angestellten klar, dass diese Stelle nicht mehr von jemandem, der nicht fachlich ausgebildet war, besetzt werden konnte.

Es war eindrücklich, wie ich damals zwei Monate vorher schweren Herzens diese Stelle abgesagt hatte und jetzt doch noch eine Chance kriegte. Meine Lohnforderung wurde gut geheissen und ich konnte die Stelle sofort antreten. Wenn ich vorher eingewilligt hätte und somit der Stimme meiner Angst gefolgt wäre, hätte ich meine Arbeit unterbezahlt gemacht. Ich spürte, dass diese Entscheidung meinen Selbstwert gestärkt hatte.

Diese Arbeit machte mich sehr glücklich. Ich spürte, dass es mir langsam wieder besser ging. Auch hatte ich inzwischen eine gemütliche Wohnung gefunden und ich hatte viel Zeit für mich, da ich nur halbtags arbeite. Leider konnte ich nicht mehr so viele Seminare besuchen. Mich hätte sehr Vieles interessiert. Zeit dafür war da, aber zu wenig Geld. Ich fragte mich, weshalb das wohl so sei. Meine innere Stimme sagte mir, dass es so schon gut sei und ich das Wichtige auf jeden Fall lernen werde. Rückblickend kann ich sagen, dass es genauso war. Wenn ich damals das Geld dazu gehabt hätte, hätte ich viele Seminare besucht, nur um meine Wissbegier zu befriedigen. Doch vielleicht hätte mich das sogar eher durcheinander gebracht. So konnte ich nur meiner eigenen intuitiven inneren Führung anstatt anderen Lehrern folgen.

Jetzt, wo ich ohne Partnerschaft war, spürte ich, dass es an der Zeit war, mich mit meiner Haltung gegenüber der Sexualität zu beschäftigen. Ich hatte erkannt, dass es ein wichtiges Thema im Leben der meisten Menschen wie auch von mir ist, aber dass es mit unangenehmen Gefühlen beladen war, die ich klären wollte. Denn ich spürte, dass Sexualität eigentlich ein kreativer und freudvoller Ausdruck sein könnte. Doch Scham- und Schuldgefühle hemmten mich darin. Ich hatte keine Ahnung, woher diese Gefühle kamen.

Durch meinen Entschluss dieses Thema zu klären, wurde ich intuitiv zu den passenden Ressourcen geführt, die mir dabei helfen würden. Also war ich mutig und stellte mich dem Thema in zwei Seminaren und im Lesen verschiedener Bücher dazu. Es hat mir grosse Erleichterung gebracht. Sexualität wurde dadurch für mich etwas Spielerisches und Selbstverständliches.

In dieser Zeit merkte ich auch, dass ich irgendwie auf Kriegsfuss mit meinem menschlich-irdischen Dasein stand. Ich hatte ein unbestimmtes Gefühl, dass ich dort, wo ich hergekommen bin, etwas falsch gemacht hätte, und jetzt zur Strafe auf der Erde war. Das fühlte sich irgendwie verdreht an und ich wollte darüber Klarheit finden. Ich begann mir dieses Thema einmal genau vor Augen zu führen: Welche Möglichkeiten bietet mir das Menschsein im Vergleich zum Engelsein eigentlich? Die menschlichen Sinne, war meine Antwort. Die Engel können nicht riechen, schmecken, hören, sehen und tasten, wie ein Mensch das kann. Also beschloss ich, wenn ich schon Mensch bin, dann kann ich es ja auch geniessen.

Diese Erkenntnis veränderte mein Grundgefühl. Hatte ich als Kind doch schon oft das Gefühl, nicht richtig zu meiner Familie oder später zu dieser Gesellschaft dazu zu gehören. Ich wusste nicht, woher das kam und offensichtlich hatten andere Menschen diese Gefühle nicht. Zumindest hatte ich diesen Eindruck. Nun ging es darum, meinen Körper wirklich ganz zu bewohnen und mein Menschsein ganz anzunehmen. Dazu benötigte ich ein paar Jahre, aber ich spürte ziemlich schnell, dass dieser Entschluss viel mehr Freude in mein Leben brachte. Und meine Gesundheit profitierte auch davon.

Damals hatte ich wirklich Lust, noch etwas zu lernen, das ich in meinen Einzelsitzungen anwenden konnte. Doch es sollte noch ein paar Jahre dauern, bis ich es finden würde.

Zu meiner grossen Freude hatte ich auch einen neuen Partner gefunden. Er war mit der indischen Spiritualität sehr vertraut und ich lernte durch ihn die Satsang-Bewegung kennen. Mir gefiel die Lehre der Nichtdualität. Es störte mich damals nur, dass der Satsang-Lehrer immer vorne erhöht sass. Ich spürte das Ungleichgewicht, das daraus entstand. Trotzdem inspirierten mich diese Zusammenkünfte in der Wahrheit = Satsang.

Weitergehen

Ende 1997 geschah etwas Interessantes: Mein Chef nahm eine neue Herausforderung an und kündigte seine Stelle. Ich war seine Stellvertreterin und wir hatten ein sehr angenehmes Arbeitsklima. Er bot mir seine Stelle an und ich fühlte mich sehr geehrt und war auch überrascht. Es berührte mich, wie sehr er mich schätzte. Doch sein Arbeitsalltag sah ganz anders aus als meiner. Ich hatte viele Kontakte mit Kunden und den Mitarbeiterinnen. Er machte viel Projektarbeit und die Buchhaltung und hatte weniger und andere Kontakte mit Menschen. Ich spürte, dass mich dieser Arbeitsalltag nicht erfüllen würde. Also sagte ich schweren Herzens ab und man fand eine Nachfolgerin für ihn.

Leider gestaltete sich die Zusammenarbeit mit ihr herausfordernd. Dass das Arbeitsverhältnis nicht mehr so sein würde wie ich es mit meinem Chef erlebt hatte, war mir schon klar gewesen. Wir hatten eine familiäre und wertschätzende Atmosphäre gepflegt. Manchmal schauten wir uns nur an und wussten, was der andere dachte. So etwas konnte ich sicher nicht mehr erwarten. Doch leider war das Klima nun eher feindlich und abweisend. Meine neue Chefin kannte die Materie nicht, war aber fachlich für ihre Stelle besser ausgebildet als ich. Ich fragte mich, warum sie so agierte und vermutete, dass sie sich konkurrenziert fühlte. Dies wurde mir klar als ich erlebte, dass sie nicht nur mir, sondern auch der anderen Teamleiterin gegenüber brüsk und herrisch auftrat.

Ich spürte, dass diese Veränderung nicht ohne Bedeutung auf mich zukam. Zumal ich ja die Leitungsfunktion selber hätte übernehmen können. Ich musste mir eingestehen, meine Zeit an dieser Stelle war abgelaufen.

Was nun? Ich war mit meinem Partner jetzt ein Jahr lang zusammen und die Frage des Zusammenlebens stellte sich. Also zog ich den Schluss, dass ich sowieso meine Stelle kündigen werde und somit auch gleich von hier weg an seinen Wohnort in Bern ziehen könnte.

Dort kannte ich niemanden ausser ihm und ich fand auch nicht so schnell eine Stelle, wie ich gedacht hatte. Ich wollte wieder im selben Beruf arbeiten und hatte ein sehr gutes Arbeitszeugnis. Doch in diesem Kanton galten damals schon höhere Qualifikationsanforderungen. Ich war bereit, nebenberuflich eine Führungsausbildung zu besuchen, aber es war immer diese fehlende Ausbildung, die eine Anstellung verhinderte. Ich wusste aus meiner vielseitigen Berufserfahrung, dass Personalführung etwas ist, für das man Talent hat oder nicht. Man kann es nicht nur in einer Ausbildung lernen.

Ich konnte nicht verstehen, dass ein Diplom wichtiger war als die Berufserfahrung, welche ich ja mitbrachte. Damals erkannte ich, dass sich unser System selbst ad absurdum treibt: Immer höhere Anforderungen, die nur mit Weiterbildungen und Diplomen erfüllt werden konnten.

In dieser Zeit machte ich mir Gedanken darüber, wie mein beruflicher Weg weitergehen sollte. Mir war klar, dass ich eine Arbeit wollte, die ich gerne ausübte und die mich nicht langweilen würde. Also konsultierte ich eine Laufbahnberatung. Wir machten ein paar Tests. Das Auswertungsgespräch mit dem Berufsberater war sehr hilfreich für mich. Er meinte, ich könnte entweder eine Ausbildung im Bereich Personalführung machen oder meinen Wunsch nach einer selbständigen Tätigkeit verwirklichen. Da ich als Pflegefachfrau eine gute Grundausbildung hatte, wären meine Chancen sicher sehr gut.

Es machte mich sehr glücklich, diese Bestätigung von einem Unbeteiligten zu erhalten. Denn manchmal hatte ich Zweifel, ob mein Traum - die berufliche Selbständigkeit - wirklich eine Grundlage hatte.

Nach reiflichem Hineinspüren fühlte ich, dass ich glücklicher werden würde, wenn ich mich selbständig machte. Also konzentrierte ich mich auf die Suche nach einer passenden Ausbildung. Ich probierte verschiedene komplementärmedizinische Methoden aus. Auch eine Ausbildung in körperbezogener Psychotherapie hatte ich geprüft und für meine eigene Entwicklung selbst über längere Zeit besucht.

Ich erlebte dabei, wie Muster und Energien im Körper gespeichert sind und dass sie sich über ihn auch lösen lassen. Ein Weg, der jenseits des Denkens lag und mit dem Wahrnehmen der steckengebliebenen Energien zu tun hatte. Das gefiel mir. Aber immer wenn ich mir vorstellte, dass ich den ganzen Tag so arbeiten würde, spürte ich keine Freude. Ich musste mich in Geduld und Vertrauen üben. Meine Wahl war klar: Ich wollte eine Ausbildung finden, die mir zu meiner Selbständigkeit verhalf und mir total gefällt.

Mittlerweile erzählte mir eine Nachbarin, dass sie in unserer Nachbarschaft mit geistig behinderten Erwachsenen arbeitet und dass sie dort immer wieder Mitarbeiter suchten. Das erinnerte mich daran, dass ich vor Jahren einmal den Wunsch hatte, mit geistig behinderten Menschen zu arbeiten. Zwar hätte ich lieber wieder in meinem vorhergehenden Beruf als Einsatz- und Teamleiterin gearbeitet. Doch einmal mehr ich sagte mir: „Wenn sie dich dort nicht wollen, dann ist das ein Zeichen. Mach jetzt einfach das, was sogar örtlich vor deiner Haustüre liegt und das du dir sowieso schon seit langem Mal ge-wünscht hattest."

Ich stellte mich vor und konnte ein paar Stunden zur Probe arbeiten gehen. Mir gefiel die Arbeit mit den geistig behinderten Erwachsenen und habe dort viel gelernt. Viele von ihnen waren sehr empfindlich auf emotionale und energetische Veränderungen. Ich musste lernen, immer sehr präsent und ausgewogen, sowohl emotional als auch energetisch, in meinen Beziehungen zu ihnen zu sein.

Ein fahrlässiges Handeln oder eine plötzliche Stimmungsumschwung von einem Mitglied der Gruppe oder des Personals konnte einen emotionalen Ausbruch auslösen, der Auswirkungen auf die gesamte Gruppe haben konnte. Aufgrund dieser Unvorhersehbarkeiten mussten wir mit unseren geplanten Aktivitäten immer flexibel bleiben. Manchmal mussten wir unsere Pläne für Gruppenausflüge in der letzten Minute ändern, wenn ein emotionaler Ausbruch stattgefunden hatte.

Im Laufe meiner Arbeit dort habe ich gelernt, wie ich meine Energien effektiv mit, der Gruppendynamik verbinden kann. Und ich lernte auch, wie ich flexibel und konzentriert im gegenwärtigen Moment bleiben kann. Ich traf viele interessante Menschen, die wie ich, einen ungewöhnlichen Lebensweg gewählt hatten. Meine neue Arbeit würde erst in drei Monaten beginnen, so konnte ich mich vorher noch auf das nächste Abenteuer einlassen.

Lichtnahrung

Zu dieser Zeit las ich das Buch „Lichtnahrung" von Jasmuheen. Ich war fasziniert von der Idee frei zu sein vom Zwang, essen zu müssen. Zumal ich manchmal eine unerklärliche Angst vor dem Verhungern hatte. Obwohl ich in diesem Leben nie gehungert hatte – ausser freiwillig zwei oder dreimal beim Fasten. Diese Frau wollte ich sehen. Ich wollte wissen, welche Ausstrahlung man hat, wenn man sich durch Licht und nicht mehr durch Nahrung ernährt. Also besuchten mein Partner und ich ein Seminar mit ihr. Ihre fröhliche und unkomplizierte Art gefiel uns. Nach intensivem innerem Abwägen entschlossen wir uns dazu. Wir begannen uns darauf vorzubereiten, so dass wir in der neuen gemeinsamen Wohnung diesen dreiwöchigen Umstellungsprozess durchführen konnten. Es sollte das grösste Abenteuer meines bisherigen Lebens werden.

Ich fühlte mich schon lange mit Bruder Klaus, dem Schweizer Landesheiligen, sehr verbunden. Oft besuchte ich seine Klause und ich fühlte mich dort immer sehr wohl und gestärkt. Er hatte zwanzig Jahre lang nichts ausser einer Hostie pro Tag gegessen. Und ich wusste von Yogis in Indien, die das auch konnten. Mein Motto war, was andere können, das kann ich auch, wenn ich eine tiefe innere Begeisterung dafür spüre.

Wir planten also für Mai 1998 drei Wochen für den Prozess und anschliessend zwei Wochen Ferien ein. Es war interessant, dass zufälligerweise unsere beiden Geburtstage in diese Zeit fielen. Ein paar Wochen später war es dann soweit. Ich war total begeistert, denn ich hatte überhaupt keinen Hunger. Wenn ich früher fastete, hatte ich in den ersten drei Tagen immer Hunger. Aber jetzt nicht. Das war für mich die Bestätigung, dass es funktionierte. Wir assen und tranken in den ersten sieben Tagen nichts. Ich nahm rasant ab und wog nach sieben Tagen nur noch vierundvierzig Kilogramm bei einem Meter siebzig Körpergrösse. Mein Herz wurde schwach und fühlte sich eigenartig an. Die zwei Stockwerke zu unserer Wohnung schaffte ich nicht mehr. Deshalb ging ich nicht mehr aus dem Haus.

Ich spürte, dass an meinem Körper gearbeitet wurde. Oft hatte ich das Gefühl, von sanften Fingern berührt zu werden. Ich war mir sicher, dass es gut ausgehen würde und deshalb beunruhigten mich die Herzbeschwerden nur wenig. Ich hatte ja schon viele Herzschmerzen in meinem Leben gehabt, nicht organischer, sondern emotionaler Art und vielleicht lösten sie sich jetzt damit auf.

In der Nacht nach dem dritten Tag überschritt ich eine Schwelle. Heute würde ich sagen, dass ich an diesem Punkt aus dem Massenbewusstsein herausgetreten bin. Als Pflegefachfrau hatte ich gelernt, dass man nach drei Tagen ohne Wasseraufnahme stirbt. Doch ich lebte! Ich fühlte damals, wenn dies möglich war, dann ist noch sehr viel mehr möglich, was man allgemein für unmöglich hält! Ich erlebte am eigenen Leib, dass es möglich war, seinem Herz zu folgen und auch über die Grenzen des Massenbewusstseins hinaus zu gehen. Ich spürte aber auch, dass es nur funktioniert, wenn es von Herzen und nicht aus Vorstellungen oder Erwartungen kommt. Man kann es nicht erzwingen, man kann es nur zu- und geschehen lassen. Diese Erfahrung hat mein Leben verändert.

Ab dem siebten Tag durften wir wieder Wasser und stark verdünnte Fruchtsäfte trinken und das Gewicht ging wieder rauf. Ich war noch schwach und lag viele Stunden am Tag einfach da. Einmal hatte ich dabei ein sehr schönes Erlebnis: Ich fühlte mich gewiegt von Mutter Erde. Ich spürte ihre Seele und sie wiegte mich hin und her. Dazu hörte ich innerlich immer wieder die Worte: „Getragen vom Ozean der Liebe." Es war unbeschreiblich schön. Seither habe ich eine sehr persönliche Beziehung zu unserem Planeten, Mutter Erde, gefunden. Ich erkannte, dass sie auch ein beseeltes Lebewesen ist und nicht nur einfach ein Planet, der im All herumfliegt.

Nach etwa vier Wochen nahm ich zum ersten Mal wieder etwa zwei Esslöffel feste Nahrung zu mir. Es war einfach herrlich, wie gut das schmeckte und ich hatte überhaupt keine Probleme mit der Verdauung. Ganz anders als jeweils nach dem Fasten.

Wieder ein Beweis, dass es geklappt hatte. Seither geniesse ich die Freiheit, essen zu können, aber nicht mehr zu müssen. In den nächsten Jahren ass ich oft nur sehr, sehr wenig und auch nur das, was mir wirklich passte. Ich musste ja nicht mehr auf Vitamine und anderes achten.

Dieser Umstellungsprozess brachte damals eine grosse Klarheit mit sich. Das war manchmal schwierig. Ich nahm plötzlich viel mehr wahr und es war eine Herausforderung, ständig gefragt zu werden, warum ich nicht mehr essen wolle. Ich fand auch heraus, dass sehr viel soziales Beisammensein beim Essen geschieht. Man kann dann etwas gemeinsam machen, das verbindet. Was macht man, wenn man nicht mehr isst? Mit manchen Leuten hatte ich plötzlich nichts Gemeinsames mehr.

Dies kannte ich ja schon von früher. Es ist mir immer wieder geschehen, dass ich mit Freunden plötzlich keine Gemeinsamkeiten mehr hatte. Ganz wenige sind mir bis heute geblieben. Die meisten aber waren für eine gewisse Zeit Wegbegleiter und dann gingen unsere Wege wieder auseinander. Einzelne traf ich später wieder, andere sah ich nie mehr. Ich spürte, dass dies der natürliche Fluss des Lebens ist, denn ich veränderte mich immer wieder sehr, wenn es mir auch manchmal schwer fiel, diese Veränderungen anzunehmen.

Erst etwa sechseinhalb Jahre später entschied ich mich, wieder regelmässig zu essen. Das war eine schwierige Herausforderung und gar nicht so einfach. Denn ich wusste, dass es eigentlich nicht nötig war. Und doch spürte ich, dass Essen zum Menschsein gehört und dass ich es regelmässig geniessen wollte.

Vorbereitungen

Im Herbst 1998 fand ich dann auch endlich die passende Ausbildung. Ich liess mich zuerst bei einem Therapeuten mit dieser Methode behandeln und war begeistert. Die Aufteilung in Module und die freie Einteilung des Ausbildungsablaufs hatten mich sehr angesprochen. In diesen Ausbildungsgruppen traf ich Menschen, die mir sehr vertraut waren. Es war wieder so, wie schon in der Aura-Soma Ausbildung, als ob wir uns von irgendwoher kannten und uns hier wieder treffen würden.

Ich lernte sehr viel für mich persönlich und begann sofort Freiwillige zu behandeln. Es machte mir viel Spass und ich war begeistert, die Energietherapie entdeckt zu haben. Doch dann wurde mein damaliger Partner informiert, dass ihm seine Stelle in ein paar Monaten gekündigt werde. Da wir sowieso geplant hatten, im nächsten Winter für drei Monate nach Asien zu reisen, lag die Entscheidung nahe, für längere Zeit dorthin zu gehen.

Es gab nämlich auch bei meiner Arbeit Anzeichen, dass meine Zeit nach einem Jahr abgelaufen war und ich hatte das Gefühl, dass ich eine solche Art von Arbeit immer wieder finden würde. Mir war auch klar, dass ich nicht mehr einfach so für drei bis sechs Monate auf Reisen gehen konnte, wenn ich mich selbständig machen würde. Warum nicht jetzt ein Jahr auf Reisen gehen und danach meine Selbständigkeit aufbauen? Es war kein Problem, eine Pause in meiner Ausbildung einzubauen.

Asien

Also kündigten wir die gemeinsame Wohnung, stellten unsere Habseligkeiten ein und machten uns mit je einem Rucksack auf nach Indien. Dort waren wir zuerst eine Woche lang in Bombay/Mumbai. Die ersten drei Tage verbrachte ich zum grössten Teil im Hotelzimmer und hörte indische Musik am Radio. Ich war völlig von der Intensität des indischen Lebens überwältigt: Die Farben, die Klänge, die intensiven Gerüche, die Straßen und das Essen: Ich hatte so etwas noch nie erlebt. Es war alles wunderbar, aber unglaublich intensiv für mich. Ich brauchte diese Tage der Ruhe, um die Umstellung zu verdauen und meinen Weg in die Kultur zu finden.

Am vierten Tag besuchten wir einen indischen Lehrer der Advaita. Er war über achtzig Jahre alt und empfing jeden Tag Besucher in seiner Wohnung für einen Satsang. Früher war er Bodybuilder und Präsident der Bank of India gewesen. Als er pensioniert wurde, übersetzte er für seinen nur indisch sprechenden, erleuchteten Lehrer ins Englische. Er schrieb danach selber mehrere Bücher und seine Einsichten machten für mich Sinn.

Als wir zum ersten Mal bei ihm zu Hause waren, wurden wir eingeladen, ganz vorne zu sitzen. Und es entwickelte sich ein interessantes Gespräch über mein Leben, meine Suche und die Art, wie das Denken uns beeinflusst. In der Essenz ging es darum zu erkennen, dass ich, wenn ich das Leben so akzeptiere, wie es gerade ist, zufrieden bin. Und wenn ich es nicht akzeptiere, dass dann das Leiden beginnt.

Nach diesem Gespräch war mir seine These klar. Wir gingen in den nächsten drei Tagen wieder zu ihm und ich hörte immer wieder dasselbe in anderen Worten.

Ich wollte es verdauen und fand es gut, dass ich gleich zu Beginn meiner Reise diese Einsichten erhielt und nun genug Zeit hatte, sie setzen zu lassen.

Über Poona reisten wir weiter nach Goa. Dort fanden wir ganz abgelegen vom Tourismusrummel ein schönes Zimmer bei einer Familie und genossen das Leben. Wir waren den ganzen Tag draußen. In den ersten zwei Monaten in Indien war ich manchmal etwas unruhig. Der Lebensrhythmus war viel ruhiger und beschaulicher als in der Schweiz.

Da hatte ich die Idee, meine energetischen Massagen den Touristen anzubieten. So konnte ich wieder etwas tun und in Übung bleiben. Ich hörte von einem Massagetisch, der unbenutzt in einem Haus in der Nähe stand. Schnell wurden wir uns einig, dass ich ihn ausleihen konnte.

Wir wollten den massiven und deshalb ziemlich schweren Holzmassagetisch aus dem Raum tragen. Bei der Türe wurde es eng, er fiel mir aus der Hand auf meine Zehen. Autsch! Das war ein Schock! Ich sah nur noch Sterne. Es stellte sich heraus, dass der Tisch nicht aus dem Raum getragen werden konnte. Er war wahrscheinlich von einem Schreiner in diesem Raum gezimmert worden und man hatte nicht daran gedacht, dass man ihn jemals aus dem Raum heraus transportieren möchte. So zerschlug sich mein Plan.

Dass mir der Massagetisch auch noch auf die Zehen gefallen war, liess mich die ganze Sache nochmals überdenken. Das war doch ein Zeichen, mich zu stoppen. Es machte für mich zwar keinen Sinn, aber die innere Botschaft war: ,Lass die Finger davon und mach mal gar nichts.' So ließ ich schweren Herzens mein Vorhaben ganz los. Meine Befürchtung, mit dem Massieren zu sehr aus der Übung zu kommen, stellte sich dann nach meiner Rückkehr als grundlos heraus.

Ich spürte, dass ich langsam zur inneren Ruhe kam. Und dann konnte ich auch, wie einige der Inder, stundenlang aufs Wasser schauen. Es war herrlich. Die Energie und Atmosphäre Indiens sind einmalig. Ich empfinde Indien nicht nur als ein anderes Land, sondern es ist in vielem so ganz anders, dass es sich für mich eher wie ein anderer Planet anfühlt. So empfand ich es damals 1999.

Ich begann, mich mit der Philosophie von Ayurveda, dem Wissen vom Leben und den Veden, auseinanderzusetzen. Die Veden sind uralte Texte und Offenbarungen, die über sehr lange Zeit nur mündlich weitergegeben worden waren. Sie enthalten Wissen, welches in der heutigen Zeit von der Quantenphysik bestätigt wird.

Weil die westlichen, chemischen Medikamente viel teurer waren als die ayurvedischen, benutzten viele Einheimische diese pflanzlichen Heilmittel. Da ich mich mit den alten indischen Philosophien, wie dem Wissen der Rishis und der Lehre der Nichtdualität (Advaita), sehr vertraut fühlte, überlegte ich mir, ob ich mich in ayurvedischer Heilkunst ausbilden lassen sollte. Ich entdeckte, dass hinter den ayurvedischen Anwendungen eine umfassende Lebensphilosophie stand. In Indien kann man das alles studieren. Dazu gehören viele verschiedene Fächer wie Philosophie, Psychologie, Astrologie und natürlich die ganzen Heilkünste. Ich war tief beeindruckt.

Als ich aber erkannte, wie umfangreich dieses Wissen war und ich viele Jahre des Studierens damit zu verbringen hätte, ließ ich es sein. Ich spürte, dass ich dieses alte Wissen nicht lernen wollte, sondern etwas Neues und Einfaches, das wirkungsvoll war.

Palmblattbibliothek

Einige Jahre vor meiner Asienreise hatte ich eine faszinierende Dokumentation über Indien gesehen. Darin wurde auch über einen Besuch einer Schweizerin in einer Palmblattbibliothek berichtet. Damals spürte ich in mir den tiefen Wunsch, wenn ich je einmal nach Indien reisen würde, diese Bibliothek zu besuchen. Kurz vor unserer Abreise kaufte ich eine Spezialausgabe einer Zeitschrift über Indien. Darin waren die Adresse und die Telefonnummer der Palmblattbibliothek von Bangalore enthalten. Wow, so einfach! Reisen ist in Indien sehr beschwerlich und mein Partner wollte mich deshalb nicht nach Bangalore begleiten. Also plante ich, alleine dorthin zu reisen. Nichts konnte mich von meinem Vorhaben abbringen. Also rief ich von Goa aus in die Palmblattbibliothek an, um etwas zu vereinbaren. Ich erhielt einen passenden Termin in etwa vier Wochen. Es war ein kurzes und klares Gespräch, so als hätte der Mann meinen Anruf erwartet.

Zwei Tage vor dem Termin machte ich mich auf diese Reise. Ich musste zuerst in die Hauptstadt von Goa reisen und dann mit einem Nachtbus weiter nach Bangalore. Als wir nach anstrengender Fahrt dort angekommen waren, sprach mich der einzige westliche Mitreisende an, ob ich schon ein Zimmer hätte. Hatte ich nicht. Er fragte, ob ich mit ihm in ein ihm bekanntes Hotel mitfahren wollte. Da er mir einen seriösen Eindruck machte, willigte ich ein. Doch dort gab es nur noch ein Doppelzimmer. Das wollte ich nicht. Also fuhren wir in eine andere Herberge. Dort gab es Einzelzimmer, aber auch viele indische Männer, die mir nicht so geheuer waren. Als alleinreisende Frau war ich ihnen wohl auch suspekt. Gott sei

Dank hatte der Deutsche das Zimmer neben mir. Sonst wäre ich nicht dort geblieben.

Er war auf dem Weg zu einen Yoga Ashram und wollte vorher noch ein paar Tage in Bangalore verbringen. Es war eine sehr interessante Zeit mit ihm. Wir hatten uns viel zu erzählen. Er zeigte mir schöne Orte, an denen ich mich sehr wohl fühlte, denn die Stadt war laut und schmutzig.

Früh am nächsten Morgen holte mich das bestellte Rikscha-Taxi ab und brachte mich in das Quartier der Palmblattbibliothek. Der Taxifahrer musste mehrere Leute nach der genauen Adresse fragen, doch schließlich waren wir endlich da. Es blieb mir noch etwas Zeit, um einen Tee trinken zu gehen. Ich war sehr aufgeregt. Auf dem Weg zu meiner Verabredung um neun Uhr erinnerte ich mich, dass meine Geburtszeit 8.55 Uhr war. Dass ich mich in diesem Moment daran erinnerte, zeigte mir, dass diese Verabredung wohl bedeutend für mich sein würde.

Ich erhielt einen Fragebogen zum Ausfüllen. Er fragte nach Angaben zu meiner Familie wie Geburtsdaten und anderem. Dann schaute er sich das Blatt an und stellte einige Berechnungen mit Hilfe von Tabellen an. An der Wand hinter ihm hing ein Bild eines alten Mannes, wohl einer seiner Vorfahren. Vor vielen hundert Jahren wurden Tausende von Palmblättern in einer alten indischen Schriftsprache von weisen Männern beschrieben. Das Wissen, welches mit der Bibliothek verbunden ist, wird innerhalb der Familien weitervererbt.

Dann erwähnte er drei Dinge aus meinem Leben und fragte, ob ich ihm diese bestätigen könne. Ich konnte alle bejahen. Danach rechnete er wieder und sagte, dass ich warten solle, er ginge jetzt mein Palmblatt holen.

Nach ein paar Minuten kam er mit den aufgeschichteten und zusammengebundenen Palmblättern zurück. Er öffnete die Bänder und blätterte die Blätter durch. Dann las er mir drei Dinge aus meiner Vergangenheit vor und fragte mich, ob sich das so zugetragen habe. Es war genauso gewesen oder nur mit einem Jahr Differenz zu seinen Zeitangaben. Er sagte, dann dürfe er mir jetzt die folgenden Informationen vorlesen.

Ich fragte ihn, ob ich es auf Kassette aufnehmen könne und mir Notizen machen dürfe. Ganz selbstverständlich stellte er einen Kassettenrecorder auf den Tisch und gab mir Papier für meine Notizen.

Dann begann er mir mein vollgeschriebenes Palmblatt zu übersetzen und las es mir in Englisch vor: Ich sei berechtigt, im Alter von 35 Jahren, 6 Monaten und etwa 12 Tagen folgende Informationen zu erhalten. Als ich später nachrechnete, stellte ich fest, dass mein Alter auf den Tag genau überein stimmte.

Zuerst las er mir vor, welcher Planet in welchen Lebensphasen für mich bestimmend wirke. Da die indische Astrologie anders funktioniert und auch zwei Planeten hat, die ich nicht kannte, war das für mich nicht aussagekräftig.

Dann las er, dass Heilung, Kommunikation und Channeling, das Letzte aber nur als Hobby, meine Lebensbestimmung seien. Und dass ich Reisen und Bücher schreiben würde über Meister und Meisterschaft. Ich weiß noch, wie ich da insistierte, dass ich mir überhaupt nicht vorstellen könne, einmal ein Buch zu schreiben. Er beruhigte mich mit den Worten, dass das erst später in meinem Leben aktuell würde. Heute muss ich darüber lachen. Meine starke emotionale Reaktion zeigte eigentlich schon, dass da etwas dran war.

Ich werde meinen eigenen Weg des Heilens, auch des Heilens der Psyche und der Spiritualität gehen und lehren. Dann las er mir vor, dass es ein paar Vorleben gäbe, die für mich und mein jetziges Leben wichtig wären:

Das Erste war in Indien, wo ich eine Ärztin war, die mit Ayurveda und Homöopathie arbeitete. Ich beschäftigte mich damals auch mit der Lehre der Nichtdualität. Diese Interessen hatte ich ja in diesem Leben wieder entdeckt.

Das Zweite war in China, wo ich als Heiler mit Energien und Reiki arbeitete. Daher mein Interesse an Energietherapie und energetischem Heilen. Reiki Stufe 1 und 2 hatte ich in diesem Leben gelernt, aber es passte für mich nicht mehr, mit dieser Methode zu arbeiten.

Das Dritte war in Ägypten, wo ich ein Juwelier war und mit der Kraft der Edelsteine und Kristalle arbeitete. Er fragte mich, ob ich denn in diesem Leben auch mit Steinen und Kristallen arbeite. Ich verneinte es. Daraufhin wurde er sehr emotional: ‚Aber das sei sehr wichtig und ich müsste das wieder machen, da ich viel inneres Wissen dazu hätte.'

Bis jetzt hatte ich davon noch nichts bemerkt. Ausser, dass ich in den Ferien gerne Steine sammelte, um so die Energie des Landes zu mir nach Hause bringen zu können. Er beruhigte sich erst wieder, als ich ihm erzählte, dass ich in der Energietherapieausbildung ein Modul zum Thema Heilen mit Edelsteinen besuchen werde.

Das vierte Leben war in Atlantis, wo ich ein Channel-Medium gewesen sei. Ich würde in diesem Leben drei Sprachen lernen. Bis dahin sprach ich Englisch, Deutsch und etwas Französisch. Italienisch konnte ich grösstenteils verstehen, aber nicht gut sprechen.

Das fünfte war in Israel in der Zeit von Jesus. Ich und mein Partner seien Anhänger von Jesus und Zeugen seines Wirkens gewesen. Sein Ende hätten wir aber nicht miterlebt. Das erklärte mir, warum ich Jesus' Worte auf meiner Israelreise damals vor vier Jahren gehört hatte.

Er sagte mir auch, dass ich eine gute Gesundheit habe und keine Operationen mehr haben werde. Das machte mich sehr glücklich. Dann gab er mir ein paar persönliche Gesundheitstipps. Und ich erhielt ein Mantra, das er mir vorsang und mit mir übte, bis ich es konnte. Es tönte sehr schön und er erklärte mir seine Bedeutung. Es hat mit Heilung zu tun.

Am glücklichsten war ich, als er mir vorlas, dass ich annehmen könne, dass dies mein letztes Leben sei. Ich wäre ihm vor Glück am liebsten um den Hals gefallen. Aber in Indien sind solche Vertraulichkeiten nicht angebracht. Also hüpfte ich auf meinem Stuhl herum und er lächelte mich verblüfft an.

Meine Aufregung kam daher, dass ich schon seit Jahren tief in mir das Gefühl gehabt hatte, vom Leben als Mensch gesättigt zu sein. Ich sehnte mich danach, meinen Inkarnationszyklus zu beenden. Obwohl ich nicht wusste, wie ich das machen konnte, spürte ich, dass es früher oder später einfach geschehen würde. Weil dieser Wunsch aus der Tiefe meines Wesens und nicht von mir als Mensch gekommen war. Und jetzt zu hören, dass es wahrscheinlich in diesem Leben passieren würde, war eine freudige Überraschung für mich.

Danach erhielt ich von ihm noch ein paar weitere Informationen, die auch meine Familie betrafen. Zum Schluss las er mir vor, dass meine Seele glücklich sei, Heilung zu vermitteln.

Noch heute, wenn ich meine schriftlichen Aufzeichnungen von damals lese, bin ich zutiefst berührt von diesen Informationen. Fast alles, was er mir da vorgelesen hatte, ist auch eingetroffen oder ich erkannte damals schon den tiefen Zusammenhang. Damals brachte diese Botschaft Klarheit und Ordnung in mein Leben. Plötzlich machte Vieles Sinn und ich konnte endlich den roten Faden in meinem Leben erkennen. Ich war überglücklich und sehr bestätigt in dem, was ich tat und mich interessierte.

Als ich anderen von meinem Erlebnis in der Palmblattbibliothek erzählte, merkte ich, dass meine Begeisterung sehr persönlich war. Ich traf auch auf Leute, die in der Palmblattbibliothek waren, aber er ihnen etwas vorlas, das sie gar nicht angesprochen hatte oder dass er kein Blatt für sie gefunden hatte.

Mir wurde dabei klar, dass es wieder so etwas war, das man nur aus dem Herzen zur rechten Zeit und nicht nur wegen Hilfesuche machen konnte. Ich spürte, dass diese Information von meiner Seele bereitgelegt worden war, weil es mich so tief berührt hatte. Ich glaube auch, dass es noch mehr Palmblätter für mich dort gehabt hätte. Aber ich brauchte genau diese Information zu diesem Zeitpunkt und ich hatte seitdem kein Verlangen mehr, nochmals hinzugehen.

Wahrheit

Kurz bevor wir Indien verlassen wollten, besuchte mein Partner einen anderen Advaita Lehrer, der aus Holland kam und in unserem Dorf Satsang gab. Ich hatte kein Interesse. Er war aber total von ihm begeistert und drängte mich dazu, auch einmal an einem Satsang bei ihm teilzunehmen. Ich ging eines Abends hin, mehr um meinem Partner diesen Gefallen zu tun, als aus eigenem Bedürfnis. Gott sei Dank war er so hartnäckig!

Da sass ich also zusammen mit ein paar anderen vor ihm. Er schaute in die Runde und führte uns in eine stille Meditation. Ich schloss die Augen, atmete und plötzlich sah ich den Urgrund der Schöpfung. Es war wie ein riesiger Wirbel von Energie, aus dem alles entsprang und in den alles zurückging. Ewiges Leben. Die Wahrheit. Es war eine Erfahrung, die ich nur ansatzweise in Worte fassen kann. Sie war gewaltig und überwältigend für mich. Ich war erschüttert und zutiefst berührt.

Als ich die Augen öffnete, schaute ich in seine Augen und sah dort die reine Liebe. Ich war total überrascht und sehr berührt. Er sprach über irgendetwas, plötzlich hörte ich das Wort ‚Wahrheit' und ich entgegnete: „Über die Wahrheit kann man nicht sprechen, man kann sie nur erfahren." Er schaute mich an und bestätigte meine Aussage. Ich sah die bedingungslose Liebe in seinen Augen und es berührte mich tief. Wir sprachen miteinander, als sei niemand anderes anwesend. Ich kann mich nicht mehr an den Inhalt erinnern. Es war völlig gleichgültig geworden.

In den Tagen nach dieser Erfahrung wurde mir klar, dass der Advaita Lehrer, den ich in Bombay getroffen hatte, mir geholfen hatte, meinen Verstand zu klären. So dass ich jetzt mit dem Gefühl der bedingungslosen Liebe und der tiefen Wahrheit in mir in Berührung kommen konnte. Es war die perfekte Abfolge für mich zu dieser Zeit.

Bald reisten wir nach Thailand weiter. Im folgenden halben Jahr verbrachten wir sehr viel Zeit im Wasser beim Schnorcheln, beim Wandern und in der Hängematte.

Fuss fassen

Als ich nach einem Jahr im Spätsommer 2000 wieder in die Schweiz zurückkam, fühlte ich, dass sich etwas an der Schule für Energietherapie verändert hatte. Es fühlte sich einfach nicht mehr so an wie vorher. Ich hörte von Problemen, aber nichts Konkretes. In kurzer Zeit besuchte ich viele verschiedene Module, um schnell meinen Abschluss machen zu können.

Bevor ich auf die Reise ging, durfte ich das Mansardenzimmer einer Freundin für meine Behandlungen benutzen. Als ich zurückkam, war das nicht mehr möglich. In der vielen Post, die mich erwartete, fand ich einen Brief des Aura-Soma Ladens in Bern. Es stand da, dass sie ihre Räume umfunktioniert haben und jetzt auch einen Behandlungsraum vermieteten. Ich ging spontan vorbei und wurde herzlich empfangen.

So schnell hatte ich einen Raum gefunden, den ich stundenweise mieten konnte, um Behandlungen zu geben. Der Laden war in einer Übergangsphase, die neue Besitzerin fragte mich, ob ich im Laden mitarbeiten und ihr beim Neuaufbau helfen wollte. Ich freute mich sehr darüber und stieg ein. Es war eine tolle Zusammenarbeit, die sieben Jahre lang dauern sollte. Wir fanden später heraus, dass wir am selben Tag Geburtstag hatten. Na, das war ja wohl kein Zufall! Und sie hat denselben Vornamen wie meine jüngste Schwester, einfach die französische Version davon. Wir sind gute Freundinnen geworden.

So begann sich meine eigene Praxis langsam aber sicher zu entfalten. Durch eine Freundin hatte ich noch einen Nebenjob als Nachtschwester im Stundenlohn gefunden. Mein Einkommen konnte ich mit diesen drei Jobs gerade so sichern.

Die Stelle als Nachtschwester hatte ich nur wegen des Geldes angenommen. Ich spürte schon bald, dass mir dieser Job nicht gut tat. Als ich dann auf dem Weg zu dieser Arbeit einen Selbstunfall mit dem Auto meines Partners baute und mich die Reparatur fast mein ganzes Monatseinkommen kostete, erkannte ich, dass ich damit aufhören musste. Das war eine sehr schwierige Entscheidung, aber ich spürte, dass ich es mir zu liebe tun musste. Ich hatte keine Ahnung woher das Geld, auf das ich damals wirklich angewiesen war, nun kommen sollte. Aber ich hatte gelernt, auf meine innere Führung zu hören und ich vertraute darauf, dass es irgendwie gehen würde.

Ich habe immer wieder in meinem Leben erfahren, dass ich zuerst etwas loslassen musste und erst danach die Lücke wieder gefüllt worden ist. So war es auch hier. Es ergab sich, dass ich etwas mehr im Laden arbeiten und ein paar Behandlungen mehr anbieten konnte. So reichte es gerade. Ein paar Wochen später wurde mir eine 50% Anstellung als Miterzieherin in einer Wohn- und Bildungsstätte für Jugendliche angeboten. Ich nahm die Stelle als eine neue Herausforderung an. Jetzt musste ich nur noch vier Monate überbrücken und danach hatte ich genug Einkommen. Das war eine grosse Erleichterung.

Ich lernte immer mehr Anwendungen und konnte so verschiedene Energietherapien anbieten. Ich liebte diese Arbeit sehr und ich freute mich, dass sich die Anzahl der Behandlungen langsam steigerte. Es war eine interessante Zeit. Ich lernte viele neue Menschen kennen. Durch den Laden konnte ich viele Erfahrungen sammeln und mein Wissen über Aura-Soma wieder auffrischen. Denn seit dem Lichtnahrungsprozess war mein Interesse an Aura-Soma nicht mehr so intensiv wie vorher. Im Laden aber sah ich, wie hilfreich es für die Menschen war. So wie es für mich früher auch war.

Ich war aktiv und am Aufbau meiner Praxis. Mein Partner war ohne Arbeit und ganz zufrieden so. Unsere Interessen bewegten sich immer weiter auseinander. Das führte zu Verschiedenheiten, die immer grösser wurden. Ein Jahr nach unserer Heimkehr von Asien, im Herbst 2001, konnte ich nicht mehr.

Die Trennung war für beide sehr traurig, aber ich sah einfach keinen anderen Weg. Ich hatte sogar die Freude an meinen Behandlungen verloren und wusste, das durfte ich nicht weiter so geschehen lassen. Es würde mir schaden.

Da stand ich also wieder einmal in einem etwas kleineren Desaster als das letzte Mal, aber auch sehr heftig:

Ich war in der Trennungsphase, musste eine neue Wohnung suchen und mich auf die Diplomprüfungen in Energietherapie vorbereiten. All das zusammen war sehr viel und schwer für mich. Mich tröstete damals, dass ich knapp sechs Jahre zuvor aus grösseren Schwierigkeiten auch heraus gekommen war. Also würde es diesmal wieder irgendwie klappen.

Ein neues Bewusstsein

Dies ist das Logo, das ich für meine Praxis gestaltet habe. Es stellt die innere Flamme bzw. den göttlichen Funken in jedem Menschen dar.

Entfaltung

Durch das Arbeiten mit Klienten wurde mir klar, dass nicht nur ich Schwierigkeiten hatte, mein menschliches Dasein zu akzeptieren. Ich spürte, dass viele Menschen lieber nicht ganz hier sein wollten. Entweder, weil sie sich in ihrem Körper nicht wohl fühlten, ihre Lebenssituation nicht akzeptieren konnten oder weil sie das Gefühl hatten, am falschen Ort zu sein. Also beschloss ich, mein erstes Seminar zu diesem Thema zu geben. Wieder kamen grosse Ängste auf. Ich verstand nicht, warum ich so viel Angst hatte, denn diese hatte ich auch, als ich meine Praxis eröffnet hatte.

In diesem Leben gab es keinen Grund für solche Ängste. Ich wurde nie öffentlich angegriffen oder verurteilt. Und doch war das meine grösste Angst. Damals konnte ich diese Ängste nur im Zusammenhang mit Vorleben verstehen, an die ich mich nicht erinnern konnte. Erst viel später erfuhr ich, dass viele Menschen, die in ähnlichen Bereichen wie ich arbeiten, von solchen Ängsten betroffen sind. Und dass es tatsächlich mit Vorleben, in denen man für seine Meinung verfolgt oder bestraft worden war, in Verbindung steht.

Doch der Wunsch, ein Seminar zu geben mit dem Thema ‚Sich erden – die Grundlage zum Erwachen erschaffen', war grösser. Und dann war es soweit, mein erstes Seminar fand statt. Ich war wahnsinnig nervös und angespannt, doch ich hatte auch riesige Freude, zu vermitteln, was mir selber sehr geholfen hatte.

Kurz danach wurde ich an der Schule für Energietherapie gefragt, ob ich Lehrer-Assistenzen machen möchte, um danach selber Unterricht zu geben. Ich erinnerte mich an die Krankenschwesterschule, die mich damals auch für Lehrer-Assistenzen angefragt hatte. Ich hätte gerne unterrichtet, aber in der Pflege passte mir damals einiges nicht. Und ich wollte nur etwas unterrichten, von dem ich ganz überzeugt war. Also hatte ich schweren Herzens abgesagt, doch jetzt war die Zeit reif. Der Inhalt entsprach mir und ich begann voller Freude meine erste Assistenz an der Schule.

Daneben besuchte ich eine Ausbildung in Medialität und Sensitivität und entdeckte weitere Ebenen der Engel, der Elementarwesen sowie meines eigenen Wesens. Damals war es für mich hilfreich, diese ersten Schritte in einer Gruppe zu machen, weil man dort durch die Rückmeldungen der anderen Teilnehmer und der Leiterin die Bestätigung und das Vertrauen in die eigene Wahrnehmungsfähigkeit aufbauen kann.

Ich begann auch, selber Seminare zu diesen Themen anzubieten. Ich finde es immer noch total faszinierend, Menschen in neue Wahrnehmungsebenen hinein zu begleiten. Jeder hat einen anderen Zugang und man muss nur herausfinden, welcher Weg persönlich gangbar ist.

Diese innere Wahrnehmungsebene ist den meisten von uns nicht mehr so vertraut, weil sie nicht gefördert wurde. Das Denken und der Verstand sind in der Schule trainiert worden. Intuition, energetisches Grundlagenwissen, Selbstvertrauen, Selbstwert, Selbstachtung und Selbstliebe brachte ich mir später selber bei.

Erfüllung

Anfang 2002 begann sich die Erfüllung meines Lebenstraumes abzuzeichnen. Meine Praxis lief so gut, dass meine 50% Stelle daneben zu viel war. Das war auch wieder eine intensive Zeit. Soll ich den Schritt wagen? Was mache ich, wenn das Einkommen nicht reicht? Viele Fragen, Ängste und Zweifel gingen mir durch den Kopf. Doch dann sagte ich mir: „Ursula, mach den Schritt. Es ist dein Traum! Und wenn es nicht klappt, dann hast du es wenigstens versucht." Also kündigte ich meine Anstellung und machte mich ganz selbständig.

Am Anfang war ich sehr knapp bei Kasse. Aber irgendwie ging es immer und ich war so glücklich, endlich meinen Traum zu leben und jeden Tag selber bestimmen zu können. Zum Beispiel konnte ich solange schlafen, bis ich selbst erwacht bin. Das ist für mich eine unglaubliche Freiheit und ein riesiger Gewinn. Jeden Morgen jubelte ich nur schon deswegen. Natürlich brachte die Selbständigkeit auch Verantwortungen mit sich, die ich vorher nicht hatte: Versicherungsfragen, Altersvorsorge, Buchhaltung. Doch all dies war lösbar und eigentlich auch sehr interessant.

Meine Arbeit erfüllte mich, doch mein Single-Sein belastete mich. Ich fühlte, dass ich das eine grosse Thema meines Lebens gelöst hatte: nämlich meine Berufung zu leben. Aber das andere grosse Thema, die Partnerschaft, sah ziemlich leer aus. Ich hatte beschlossen, auf den passenden Partner zu warten. Ich wollte nicht einfach nur eine Partnerschaft, damit ich nicht mehr allein war, sondern ich wollte meine Visionen leben.

Diese Entscheidung führte dazu, dass ich in den nächsten Jahren zwar verschiedene Liebschaften hatte, aber nach kurzer Zeit zeigte sich immer wieder, dass sie keine Zukunft hatten. Ich zweifelte langsam an meinen Visionen. Waren sie zu hochgesteckt? Konnte ich so etwas überhaupt erleben? Jagte ich unerfüllbaren Träumen nach? Viele Zweifel. Ich wäre froh gewesen, wenn die Sehnsucht nach einer Partnerschaft einfach verschwunden wäre. Es ging mir ja eigentlich sonst gut, wäre da nicht diese Sehnsucht gewesen.

Da ich mich einsam fühlte, begann ich mich in meiner Freizeit mit den Naturwesen und Engeln zu befassen. Ich versuchte, sie wahrzunehmen und manchmal konnte ich ihre Präsenz spüren. Es waren wunderschöne und sehr bereichernde Begegnungen, die ich in diesen Jahren mit den unsichtbaren Wesen hatte. Und ich erfuhr so, dass jeder Mensch, der den Wunsch hat, mit ihnen in Kontakt zu treten, es auch tun kann.

Entdeckung

Etwa zur selben Zeit, im Frühjahr 2002, machte mich eine Bekannte auf Informationen zum neuen Bewusstsein im Internet aufmerksam. Die Themen Bewusstsein und Energie interessierten mich schon seit Jahren sehr. Meine Nachforschungen brachten mich mit dem Crimson Circle, einer internationalen Gruppe von Lehrern der neuen Energie in Kontakt, die regelmässig Informationen und praktische Umsetzungsmöglichkeiten zu diesen Themen austauschen. Zu Beginn war mir die Energie etwas fremd, aber ich fand in diesen Informationen viele Weisheiten wieder, die mir von meinen Studien der Advaita, der Veden, des Sufismus, der Energietherapie und meinen eigenen Erkenntnissen bekannt waren. Hier wurde es in einer zeitgenössischen Sprache auf liebevolle und humorvolle Art wiedergegeben.

Die Informationen wurden von einem aufgestiegenen Meister mit Namen Tobias übermittelt. Mit aufgestiegenen Meistern war ich zum ersten Mal in meiner Aura-Soma Ausbildung in Kontakt gekommen. Ich liebe diese Wesen sehr. Sie sind wie wir durch viele Inkarnationen hindurch gegangen, haben ihre Seelenanteile vollständig integriert und sind bewusst aus dem Inkarnationszyklus ausgetreten. Heute stehen sie uns Menschen als Berater und Begleiter zur Seite.

Jeden Monat kamen neue Informationen heraus und es war witzig, dass ich darin meistens Themen fand, über die ich in der Woche zuvor in meiner Praxis auf dieselbe Art und Weise gesprochen hatte. Also war mein Bewusstsein ein Teil dieser Gruppe, ob ich es wusste oder nicht. So erfuhr ich auch, dass wir uns in einer Übergangszeit vom dualen Bewusstsein in ein neues nicht-duales Bewusstsein befinden.

Duales Bewusstsein bedeutet, dass es die beiden Gegensätze wie Gut und Böse oder Hell und Dunkel gibt und sie getrennt voneinander existieren. Im neuen Bewusstsein beginnt man sich an die innewohnende Göttlichkeit in allen Wesen und Dingen zu erinnern und erkennt den Schein der Dualität. Die Natur des Göttlichen bedeutet, dass Gegensätze sich nicht länger gegenseitig ausschliessen sondern ein neues Ganzes ergeben.

Ich begann, mich damit vertieft auseinander zu setzen. Alles, was für mich Sinn ergab, wendete ich in meinem eigenen Leben an. Ich wollte erleben, wie es wirkt.

So veränderte und vereinfachte sich mein Leben Schritt für Schritt. Ich begann dieses Wissen und meine Erfahrungen mit meinen Klienten und Seminarteilnehmern zu teilen. Auch bei ihnen funktionierte es vortrefflich: Sie fühlten sich wohler, konnten einen neuen und einfacheren Umgang mit Ängsten, Überforderung, Stress und anderen Schwierigkeiten finden und diese Themen sanft integrieren.

Altes und Neues

In meiner Ausbildung am Institut für Energietherapie hatte ich viel für mein Leben und meine Praxis gelernt. Doch dann veränderte sich etwas und der Gründer und Hauptlehrer versäumte seine Lektionen oder kam öfters viel zu spät. Niemand wusste warum. Als damaliges Mitglied des Vorstandes des Berufsverbandes war ich zusätzlich mit den Klagen der Schüler konfrontiert. Es war eine schwierige Zeit für uns alle. Dann war der Gründer plötzlich krankgeschrieben und nicht mehr erreichbar. Kurz vorher hatte er sein Institut noch mit einer Schule für ganzheitliche Medizin zusammengelegt. Das gab uns die Möglichkeit überhaupt an eine Weiterführung zu denken. Denn der Gründer hatte erst für einzelne Module Lehrerinnen ausgebildet. Die meisten Klassen hatte er immer noch selber unterrichtet.

Wir organisierten kurzerhand eine Sitzung, an der die Vorstandsmitglieder beschlossen, die Ausbildung mit neuen Lehrern weiter zu führen. So unterrichtete ich bald zum ersten Mal Module in energetischer Fussarbeit, Heilen mit Edelsteinen und Gesprächsführung und Kommunikation. Es war eine sehr intensive Zeit für mich. Wir alle standen unter Zeitdruck, denn die Module waren ausgeschrieben und wir hatten bereits Anmeldungen. Also taten wir unser Bestes. Am meisten belastete mich, dass der Gründer, von dem ich so viel gelernt hatte, sich nicht mehr an die von ihm selbst gelehrten energetischen Grundlagen hielt.

Als wir den Übergang geschafft hatten, trat ich aus dem Vorstand des Berufsverbandes aus, um für Neues frei zu sein. Kurz danach fragte mich meine Lehrerin, bei der ich in der Medialitäts-Ausbildung war, ob ich und eine Freundin ihr beim Erschaffen neuer Edelstein-Essenzen helfen würden. Wir waren Feuer und Flamme und begannen mit der Arbeit.

Dieses Projekt entwickelte sich in eine sehr vielversprechende Richtung: Wir wollten neue Edelsteinessenzen für die heutige Zeit herstellen und ein Buch dazu schreiben. Meine Lehrerin sagte mir, dass der Verkauf der Essenzen und des Buches eine zukünftige Einkommensquelle auch für mich werden könnte.

So hatte ich gleichzeitig viele verschiedene Aufgaben, die Abwechslung in mein Leben brachten. Als ich noch angestellt war, wechselte ich jeweils nach ein bis zwei Jahren die Arbeitsstelle: Ich kündigte, wenn ich die Freude verlor oder keine Herausforderung mehr sah. Ich fragte mich oft, weshalb das so sei und ob das mein ganzes Leben so weitergehen würde.

Die innere Antwort darauf war: „Du brauchst all die verschiedenen Erfahrungen für später, wenn du dann mit den Menschen in deiner Praxis arbeiten wirst. Sie wollen spüren, dass du es selber erlebt und einen Ausweg gefunden hast. Und du wirst durch deine vielfältigen Erfahrungen grosses Mitgefühl für sie haben. Das tröstete mich, denn manchmal war ich die vielen Veränderungen und Wechsel auch müde.

In der Energietherapieschule erkannte ich das Bedürfnis nach einer Vernetzung der Leitung. Ich machte den Vorschlag, ein Leitungsgremium zu gründen, das aus dem neuen Schulleiter, dem Präsidenten des Berufsverbandes und einer gewählten Person aus dem Kreis der Lehrerinnen bestand. Da unsere Schule eine eigene Dynamik innerhalb der Gesamtschule hatte, wurde dies von allen Seiten begrüsst. Die Lehrerinnen wählten mich als ihre Vertretung in dieses Gremium.

Einmal mehr fand ich mich unerwartet in einer Leitungsfunktion. Es war eine sehr interessante Aufgabenstellung und wir hatten eine gute Zusammenarbeit. Nebenbei ging meine Medialitätsschulung weiter. Dort entdeckte ich, wie reichhaltig mein Innenleben war und wie viele verschiedene Welten, Dimensionen und Wesen es gab. Es war für mich eine Bewusstseinsausdehnung in neue, liebevolle Bereiche.

Baumfreund

Damals stand eine schöne grosse Fichte vor meinem Balkon. Darin hielten sich viele verschiedene Vögel auf. Mit diesem Baum entwickelte sich über die Jahre eine richtige Freundschaft. Ich erlebte mit ihm eine Herz-zu-Herz Kommunikation. Eines Abends sass ich auf meinem Balkon. Ich war ganz entspannt und ruhig. Plötzlich funkelten hellblaue Lichter auf. Sie schienen auf den Ästen zu sitzen. Wenn ich genau hinsah, konnte ich sie nicht mehr sehen. Aber wenn ich wieder entspannt hinschaute, sah ich sie wieder. Ich hatte das Gefühl, dass es Baumelfen waren. Ab und zu konnte ich sie wieder sehen. Meistens aber nahm ich ihre Präsenz nur gefühlsmässig wahr.

Als ich an einem Abend kurz vor Weihnachten nach dem heissen Sommer 2003 nach Hause kam, teilte mir meine Nachbarin mit, dass die Fichte am nächsten Tag gefällt werden würde. Vor Schreck brachte ich kaum ein Wort heraus. Der Baum war gesund und prächtig: „Warum?" - „Weil er in diesem heissen Sommer so viel Harz auf das darunter stehende Auto getropft hatte." Es war eine beschlossene Sache, das war klar.

Verzweifelt ging ich auf den Balkon und fragte meinen Baum, ob er wisse, dass er morgen sterben würde. Die Antwort kam sofort und verblüffte mich zutiefst: „Weißt du, das macht nichts. Ich werde einfach die Dimension wechseln. Es ist nur die äussere Form, die stirbt." Diese Hingabe beeindruckte mich tief. Ich spürte, dass dieses Baumwesen wirklich kein Problem mit dem Tod hatte und dass es sich einfach hingab. Ich erkannte, dass ich mir um den Baum keine Sorgen zu machen brauchte. Es war nur mein Problem. Ich hatte Schwierigkeiten, einen guten Freund loszulassen und den Verlust zu fühlen.

Am nächsten Abend war die Fichte gefällt und es war eine Leere, aber auch eine neue Öffnung an ihren Platz getreten. Ich bemerkte, dass vor allem die Nachbarn in den beiden unteren Stockwerken jetzt viel mehr Licht in ihren Wohnzimmern hatten. Und ich konnte nun den Sonnenuntergang sehen, vorher stand der Baum davor. Ich erkannte, dass auch diese Veränderung wieder beide Seiten hatte: Ich verlor einen guten Freund, dadurch kam aber mehr Sonnenlicht ins Wohnzimmer.

Dunkelheit

Am letzten Abend der Medialitätsschulung machten wir gemeinsam eine spezielle innere Reise an einen Ort, an dem wir noch nie zuvor gewesen waren. Es war ein Sumpfgebiet, neblig und gefährlich. Man musste auf dem schmalen Weg bleiben, um sich nicht im Sumpf zu verirren und ich fühlte, dass in diesem Sumpf viel Verborgenes war. Am Ende standen wir wieder auf festem Boden und alles war gut.

In dieser Nacht erlebte ich die grösste Herausforderung meines Lebens: Ich erwachte in den ganz frühen Morgenstunden und es begann sich ein Abgrund in mir zu öffnen, von dem ich weder etwas gewusst noch geahnt hatte.

Durch meinen Verstand zogen in wahnsinnig hoher Geschwindigkeit die negativsten Gedanken. Gedanken, die ich nicht von mir kannte. Ich lag da und war nur erstaunt. Ich fühlte mich diesem Strudel der Negativität total ausgesetzt. Ich konnte es weder stoppen noch verändern. Oder mich fragen, woher das alles kam.

Um es in einem Bild zu beschreiben, was mir da geschah: Es war als sei ein Jaucheloch viele Jahre lang vergessen worden und die Jauche sei verfault. Und jetzt ergoss sich diese ganze vergorene und schrecklich stinkende Jauche in voller Wucht über mich.

Ich weiss nicht, wie lange das dauerte. Die Intensität war enorm. Plötzlich war es vorbei und es war absolute Stille. Ich lag da, mein Herz raste, mein ganzer Körper war in Aufruhr, aber mein Verstand war absolut still.

Es dauerte sehr lange bis ich wieder einschlafen konnte. Als ich morgens erwachte, fühlte ich mich total mitgenommen und psychisch so instabil, wie ich es noch nie erlebt hatte.

Beim Aufstehen hörte ich eine sanfte Stimme in mir, die mir ganz ruhig zuredete: „Mach einfach alles so, wie du es jeden Morgen tust. Geh einen Kaffee trinken und ein Croissant essen, so wie du es meistens tust. Der Kellner wird dir nichts anmerken und dann geh einfach zur Arbeit."

Ich tat, was mir meine innere Stimme sagte. Im Kaffee hatte ich das Gefühl, dass mir alle Menschen diese abscheuliche Energie ansehen müssten. Doch das taten sie nicht. Alles verhielt sich äusserlich normal. Ich konnte mich gut auf meine Arbeit konzentrieren und alles ging gut. Ich spürte, dass sich meine Nerven langsam wieder erholten und ich mich wieder stärker und besser fühlte.

Natürlich hatte ich Angst vor der nächsten Nacht. Ich wusste nicht, ob ich so etwas nochmal überstehen würde. Doch es geschah nie wieder. Heute weiss ich, dass sich mir damals meine eigene Dunkelheit gezeigt hatte.

Jeder Mensch trägt solche schwierigen Energien, die er irgendwann einmal auf seinem Seelenweg weggesperrt hat in sich. Zu ihnen hat man normalerweise keinen Kontakt, weshalb die Begegnung damit auch so schwierig ist. Sie können, wie bei mir, im Inneren auftreten. Aber es ist auch möglich, dass sie im äusseren Leben in Form von Erlebnissen, Auseinandersetzungen oder durch andere Menschen auftreten. Das einzige, was man tun kann, ist still zu sein, nicht zu handeln und ruhig und bewusst zu atmen.

Das hatte ich damals intuitiv getan und es ging vorbei. Ich spürte am nächsten Tag nur noch, dass meine Nerven sehr geschwächt waren. Aber sonst ging es mir gut. Und irgendwie fühlte ich mich auch erleichtert: Es war sehr viele gestaute Energien abgeflossen und ich hatte erlebt, dass ich davon nicht mitgerissen werden konnte. Das gab mir Sicherheit und Vertrauen.

Ich stellte in dieser Zeit die ersten unserer Edelstein-Essenzen her und testete sie selbst. Es war eindrücklich, ihre Wirkung zu spüren und ich begann mit Freiwilligen meine Erfahrungen auszudehnen.

Durch die positiven Rückmeldungen ermutigt, begann ich regelmässig mit ihnen zu arbeiten. Daneben begann ich auch, am Buch zu diesen Essenzen mitzuschreiben.

Das sollte mehr Zeit in Anspruch nehmen, als ich geglaubt hatte. Ich investierte den grössten Teil meiner Freizeit dafür. Es war sehr intensiv. Während des Schreibens nahm ich verdrehte und unschöne Energien wahr und fragte mich, woher sie wohl kamen.

Die Essenzen hatten eine schöne und klare Energie. Eines Tages stellte ich mir diese Frage ganz klar und wollte eine Antwort von meinem Inneren. Ich bekam sie auch: „Diese schwierigen, verdrehten und düsteren Energien kommen aus der Vergangenheit.

Du weißt, dass in früheren Zeiten viele Energien und Menschen manipuliert worden sind – auch durch die Kraft der Edelsteine. Es wurde Magie betrieben und Macht über sie ausgeübt. Jetzt befreist du dich davon. Und du wirst danach viel freier mit den Edelsteinen arbeiten können."

Tja, jetzt wusste ich, worum es ging. Ich erlebte, wie wertvoll es war, all diese unangenehmen Energien zu fühlen, anzunehmen und sie dadurch zu integrieren, um danach frei von ihnen zu sein. Deshalb kam ich beim Schreiben manchmal nur ganz langsam voran.

Raum und Zeit

Meine Mutter hatte einen schweren Unfall gehabt und sich zwei Rückenwirbel gebrochen. Seither war sie geplagt von Schmerzen, die immer wieder an anderen Stellen auftraten. Ich bot ihr an, sie regelmässig zu behandeln. Doch das war nicht möglich, weil sie weit weg lebt. Ich erinnerte mich daran, dass wir im Reiki Fernbehandlung gelernt hatten, obwohl mir die Arbeit mit den Symbolen nicht länger gefiel.

Ich fragte mich, ob es nicht auch ohne Symbole gehen könnte und ich kam zum Schluss, dass ich es ausprobieren möchte. Also fragte ich meine Mutter, ob sie einverstanden sei. Zu Beginn machten wir es so, dass wir kurz telefonierten. Sie erzählte mir aber nicht, wie es ihr gerade ging, sondern das kam erst nach der Behandlung. Dann legte sie sich hin und etwa eine Stunde später riefen wir uns nochmals an, um die Behandlung zu besprechen.

Das war das beste Training für mich: Ihre Schmerzen traten immer an anderen Stellen am Rücken auf. Meine Wahrnehmung der Lokalisation ihres Schmerzes traf etwa zu 90% zu. Während der Behandlung spürte sie meist ein sanftes Kribbeln oder ein Wohlgefühl. Und danach fühlte sie sich erholt und besser.

Es funktionierte also! Mit der Zeit machten wir aus, an welchem Tag ich sie wieder behandeln würde und sie musste sich dabei nicht mehr hinlegen. Wir hatten herausgefunden, dass das nicht nötig war.

In dieser Zeit fragte mich meine Schwester an, ob ich nicht Lust hätte, mit ihr eine Ausbildung in medialer Kommunikation und Energiearbeit für Mensch und Tier anzubieten. Sie hatte sich auf Tierkommunikation spezialisiert und ich mich auf die Energiearbeit mit dem Menschen. Ihre Idee faszinierte mich und wir begannen, einen Ausbildungsgang zu planen. Es war schön, so frei einen Lehrplan zusammen zu stellen und nicht, wie ich als Dozentin gewohnt war, einen vorgegeben Inhalt vermitteln zu müssen.

So hatte ich also verschiedene Projekte am Laufen und war ganz erfüllt davon. Doch eine Partnerschaft wünschte ich mir immer noch sehnlichst. Aber zunächst kam wieder eine Phase auf mich zu, in der ich ganz viel Liebgewordenes in kurzer Zeit loslassen musste.

Verlust

Es ist eine enorme Herausforderung als Mensch Liebgewordenes loszulassen und es somit ganz frei zu geben. Da ich es nur widerwillig tat, war es umso schwieriger. Es begann im Spätsommer 2006 mit einer Meinungsverschiedenheit im Lehrerteam der Energietherapieausbildung; wir konnten an dieser Sitzung einfach keine Einigung finden.

Zu dieser Zeit war gerade ganz unerwartet und bei vollster Gesundheit der Ehemann einer guten Freundin gestorben. Ich war sehr traurig und betroffen. Sein heiteres Wesen würde mir fehlen.

Etwa zwei Wochen nach seinem Tod erhielt ich einen Brief vom Vorstand des Berufsverbandes. Darin wurden ich und die zwei anderen Lehrerinnen, die derselben Meinung waren wie ich, beschuldigt und zu einer zwingenden Sitzung, an der wir unsere Entschuldigung vorbringen sollten eingeladen. Was war jetzt los? Wir waren plötzlich die bösen Angeklagten und man hatte unsere Meinung oder Sicht der Dinge nicht angehört. Erinnerungen an die Situation kamen hoch, die ich vor vielen Jahren als Krankenschwester erlebt hatte.

Doch in diesem Fall gab es keine gravierenden Vorwürfe gegen uns. Wir waren sechs Lehrerinnen an der Schule. Zwei davon hatten einen Plan. Die Eine wollte ihre Module an die Andere übergeben. Die dritte Lehrerin stand dem neutral gegenüber, aber wir drei Anderen waren mit diesem Vorschlag nicht einverstanden. Denn so würde die eine Lehrerin mit Abstand den größten Teil des Programms unterrichten. Aber sie hatte nicht nur gute Rückmeldungen von den Studenten erhalten und wir wollten nicht wieder so ein Ungleichgewicht in der Verteilung haben. Weil wir zu keiner Einigung fanden, beschlossen wir diese Angelegenheit zu einem späteren Zeitpunkt nochmals zu diskutieren.

Das muss die beiden vermutlich so aufgeregt haben, dass sie beim Vorstand und bei der Schulleitung ihre Sicht dargestellt hatten. Auf jeden Fall war für mich klar, dass dies keine Grundlage für ein Gespräch war. Sie wollten keine Klärung, sondern einfach ihr Ding durchziehen. Wir lehnten das Gespräch ab und wurden sofort von unserer Lehrertätigkeit suspendiert. Mich erstaunte dieses Vorgehen ungeheuer, denn wir unterrichteten seit Jahren mit Erfolg an dieser Schule. Erst viel später begriff ich, dass ich damals das einzig Richtige getan hatte: Mit solchen Energien kann man nicht diskutieren, das spürte ich instinktiv.

Ich führte meine angefangenen Module noch zu Ende. In diesem Umfeld der Ablehnung und Verwirrung war das sehr herausfordernd. Die Schüler begriffen die Welt nicht mehr. Ich hielt mich zurück und äusserte so neutral wie möglich, dass es schon gut so war. Ich hatte schon seit einiger Zeit versucht, Änderungen und Neuerungen in unser Lehrergremium und den Unterricht einzubringen, doch ich war immer wieder gescheitert. Im Innersten spürte ich eigentlich, dass meine Zeit hier abgelaufen war.

Es ergab sich in dieser Zeit einmal, dass der Gesamtschulleiter und ich zufällig in einer Pause alleine waren. Zum ersten Mal fragte er mich, wie ich denn die Sache eigentlich sehe. Ich schilderte es ihm. Er war ganz verdutzt und sagte, er hätte eine ganz andere Version der Geschichte gehört. Ich sagte ihm, dass es von Vorteil gewesen wäre, wenn der Vorstand unsere Meinung auch angehört hätte. Ich spürte, dass er merkte, dass da etwas schief gelaufen war. Aber auch daraufhin geschah nichts.

Nach dem letzten Unterrichtstag tat mir der ganze Körper weh. Zufälligerweise hatte ich am nächsten Tag eine osteopathische Sitzung vereinbart und ich erzählte dem Therapeuten, dass ich mich fühle, als sei ich zusammengeschlagen worden. Während der Behandlung sagte er plötzlich zu mir: "Das dürfen sie sich nicht mehr antun. An so einen Ort sollten sie nicht mehr gehen, wenn sie sich danach so fühlen. Es tut ihnen nicht gut. Ich kann es sogar spüren." Ich erklärte ihm, dass es jetzt vorbei war. Er war sichtlich erleichtert, wie ich auch.

Grossmutter

Ende September 2006 besuchte ich meine Grossmutter. Wir hatten es lustig und gemütlich zusammen. Zwei Tage später nahm ich an einem indianischen Singen teil. Am Ende des Abends sassen wir um ein Bärenfell herum und sangen indianische Heilgesänge. Wer wollte, konnte sich in die Mitte der Gruppe aufs Bärenfell legen und die Heilung geniessen.

Als ich im Kreis sass und sang, spürte ich plötzlich die Seele meiner Grossmutter bei mir. Sie sagte: „Ah, so kann man also auch beten?" Ich antwortete ihr innerlich: „Ja, liebe Grossmutter, so beteten schon die Indianer. Es ist ähnlich, wie wenn du den Rosenkranz betest, gell." Es gefiel ihr, aber ich spürte auch ihr Erstaunen. Denn so etwas kannte sie nicht. Plötzlich kam der Gedanke in mir auf, dass es doch nicht ideal sei, dass ihre Seele hier bei mir war. Sie sollte doch bei ihrem Körper sein. Ich sagte ihr das und sie ging weg.

Am nächsten Morgen rief mich meine Mutter an und erzählte mir, dass meine Grossmutter am Vorabend gestorben sei. Sie sei am Tag nach unserem Besuch im Badezimmer zusammen gebrochen. Meine Tante fand sie dort am Boden liegend. Sie wollte nicht ins Spital eingewiesen werden, doch es musste sein. Meine Grossmutter wollte nie in ein Heim oder Spital und sie hätte am nächsten Tag auch noch operiert werden sollen. Ich glaube, dass sie deshalb an diesem Abend friedlich gestorben ist.

So erlebte ich also innerhalb eines Monats den zweiten Verlust eines geliebten Menschen und dazwischen lag der Verlust meines geliebten Schulprojektes. Am liebsten wäre ich damals auch gleich mit gestorben. Ich spürte einen Sog, das Leben einfach loszulassen. Es war eine sehr schwierige Zeit für mich.

Aber wie so oft in schweren Zeiten erhielt ich auch jetzt wieder Unterstützung. Ich hatte mich schon vor längerer Zeit für ein Seminar zum Thema sexuelle Energien und die Auflösung von Missbrauch angemeldet. Mit den sexuellen Energien sind die eigenen femininen und maskulinen Energien gemeint. Ihr Ungleichgewicht hat zur Illusion von Macht, zu Missbrauch auf allen Ebenen und zur Entwicklung von Opfer- und Täterrollen geführt. Mir wurde bewusst, wie dieses Ungleichgewicht der Energien zu Wunden von Missbrauch in jedem Menschen geführt hatte. Dadurch war ich in der Lage, viele alte Energiemuster aus meiner Vergangenheit zu erkennen und aufzulösen. Ich fand ein neues Maß an Mitgefühl und Klarheit für mich selbst und andere.

Dieses Seminar fand zur Zeit des Begräbnisses meiner Grossmutter statt. Ich hatte gespürt, dass diese Schule für mich persönlich und meine Arbeit sehr wichtig sein würde. Da ich kein Bedürfnis zur Teilnahme an der Bestattung hatte, entschied ich mich, das Seminar trotzdem zu besuchen. Gleich neben dem Seminarhotel lag ein alter Friedhof und in den Pausen ging ich dort regelmässig spazieren.

Ich fühlte meine Grossmutter nahe bei mir, sie war erst vor wenigen Tagen verstorben. Und ich spürte, dass sie verwirrt war. Das überraschte mich, denn sie hatte zu Lebzeiten sehr viel gebetet und sagte schon seit einiger Zeit, dass sie zum Sterben bereit sei. Meine Tante, die in den letzten drei Jahren mit ihr zusammen gelebt hatte, erlebte etwas, das in dieselbe Richtung deutete: Sie hörte in einer Nacht nach dem Tod meine Grossmutter rufen. Und dann fiel etwas zu Boden. Sie stand auf und fand einen zerbrochenen Blumentopf, der im Bad heruntergefallen war. Genau dort war meine Grossmutter zusammengebrochen, bevor sie ins Spital eingeliefert wurde und am nächsten Tag starb.

Damals war ich noch nicht ausgebildet in seelischer Sterbebegleitung. Ich wusste nicht, wie ich ihr beistehen konnte. Intuitiv zündete ich eine Kerze für meine Grossmutter an und sagte ihr, dass sie sich dort, wo sie sei, umschauen solle, es gäbe Engel oder ein Licht, das sie abholen würde. Und sie solle einfach mitgehen. Ich konnte fühlen, dass sie ruhiger wurde und vergass das Ganze im Strudel der aktuellen Energien des Seminars und auch wegen des Aufruhrs in der Energietherapieschule wieder.

Einen Monat später wurde ich angefragt, ob ich eine Ausbildung in seelischer Sterbebegleitung – Dream-Walker Tod – besuchen möchte. Da ich in letzter Zeit so viel mit Sterben in Kontakt war und selber immer noch diese Todessehnsucht spürte, entschloss ich mich daran teilzunehmen.

Dort hatte ich eine unglaublich tiefe Erfahrung, denn wir machten in der Schule einen traumähnlichen Gang, bei dem wir die Seele eines uns bekannten Verstorbenen durch die verschiedenen Ebenen bis zu seiner Seelenfamilie zurück begleiteten. Völlig unerwartet war es meine Grossmutter, die sich mir dabei anschloss. Ich hatte sie in den letzten Wochen nicht mehr gespürt und gedacht, dass sie ihren Weg gefunden hätte. Doch es gab keinen Zweifel, ich spürte ihre Präsenz. Es war für mich ein sehr tief berührender Moment, als sie sich, nachdem wir durch die verschiedenen Ebenen gegangen waren, von mir verabschiedete und zu ihrer Seelenfamilie zurückging.

Da stand ich also nun allein auf dieser Brücke und nahm auf der anderen Seite meine Seelenfamilie wahr.

Ich wurde gefragt, ob ich nun zu ihnen oder zurück in mein Leben gehen wollte. In diesem Moment wallte aus der Tiefe meines Wesens die Gewissheit auf, dass es für mich noch nicht Zeit zum Sterben war. Ich wollte leben!

Heute erkenne ich, wie wichtig diese Entscheidung damals war. Denn Teile von mir waren nach diesem Monat des Todes bereit, loszulassen und zu sterben. Durch diese Entscheidung kehrte ich ganz in mein Leben zurück. Ich hatte das Leben neu gewählt. Jetzt war die Frage, wie ich es erfahren wollte. Ich brauchte nicht lange, um meine Entscheidung zu treffen: Ich wählte Veränderung, und dass neue Möglichkeiten in mein Leben treten sollten.

Partnerschaft

Seit dem intensiven Workshop über die sexuellen Energien, den ich vor drei Monaten besucht hatte, fühlte ich in mir eine neue, bisher unbekannte Liebe zu meinem Selbst. Ich war so sehr erfüllt davon, dass die Sehnsucht nach einem Partner völlig verschwunden war. Ich hatte sogar das Gefühl, dass eine Partnerschaft meine neue Beziehung zu mir stören würde.

Als ich von ein paar Tagen, die ich über Silvester bei Freunden verbracht hatte, Anfang Jahr nach Hause zurückkehrte, hatte ich ein Mail erhalten. Ein Gruss von einem Mann, der genau am selben Tag und im selben Jahr wie ich zur Welt gekommen war. Im Anhang sendete er mir ein Foto von sich. Seine netten Worte und sein Bild, ich wusste sofort, das war der Mann, auf den ich gewartet hatte.

Mein Verstand war platt, seine Einwände und Warnungen hörte ich und war vorsichtig. Also schrieb ich unverbindlich, aber herzlich zurück. Es war ja wirklich faszinierend, jemanden kennen zu lernen, der genau dasselbe Geburtsdatum hatte. Später fanden wir heraus, dass er zwei Wochen zu früh und ich drei Wochen zu spät zur Welt gekommen war. Es fühlte sich an, als ob wir das so geplant hätten, damit wir uns durch diese Gemeinsamkeit wieder finden würden.

Ein paar Tage später rief er mich an und wir plauderten neunzig Minuten lang miteinander. Es war klar, wir mussten uns sehen. Damals lebte er im Schwarzwald. Doch er hatte Verwandte in Luzern, die er besuchen wollte und bei dieser Gelegenheit konnten wir uns in Luzern treffen.

Einige Tage später war es dann soweit. Wir trafen uns auf der berühmten Kappellenbrücke. Es war sehr speziell, er war mir einerseits vertraut und doch so fremd. Wir verbrachten einen schönen Nachmittag in der ausgesprochen unüblich warmen Januarsonne. Beim Nachtessen, erzählte er mir, dass er ein inneres Bild sähe: Er mit einem Messer in der Hand und ich von ihm verletzt. Ich schaute auf das Pizzamesser, das vor ihm lag und dachte: „Das ist ja wahnsinnig romantisch, so etwas beim ersten Treffen zu hören." Na, ja. Er brachte mich noch zum Bahnhof und ich verabschiedete mich von ihm. Auf dem Weg zum Zug fühlte ich, dass sich unerwarteter Weise mein unterer Rücken und die Nierengegend viel freier und leichter anfühlten. Wie wenn etwas von mir abgefallen wäre. Ein sehr angenehmes Gefühl.

Am nächsten Tag musste ich dieses Treffen erst mal verdauen. Ich ging spazieren und unschöne Bilder aus Vorleben tauchten auf. Ich musste mich setzen, weil sie so überwältigend waren. Ich wusste, dass diese Erinnerungen mit unserer gemeinsamen Vergangenheit zu tun hatten. Ich liess es in mir setzen und abends war es wieder gut. Am nächsten Nachmittag besuchte er mich in Bern. Ich erzählte ihm von meinen Erinnerungen. Es war eigenartig, ich fühlte eine Vertrautheit zwischen uns, aber auch viel Schwieriges. Als wir uns verabschiedeten, waren wir beide bereit uns aufeinander einzulassen und zu sehen, wie sich das Ganze weiterentwickeln würde.

Es brauchte Zeit. Wir schrieben uns und führten Telefongespräche. Und als ich drei Wochen später eine Woche in den Ferien am Bodensee war, besuchte er mich und meine Freunde dort. Ich war immer noch sehr vorsichtig. Auch er war nicht auf der Suche nach einer Partnerschaft. Unsere Beziehung entwickelte sich langsam aber stetig. Wir fanden Gemeinsamkeiten aber auch Unterschiede. Es war neu für mich, dass eine tiefe Verbindung bestehen blieb, auch wenn es menschlich gesehen manchmal schwierig war. Diese Basis war immer da und riss nicht ab. Jener Frühling war sehr schön und es war immer überdurchschnittlich sonniges und warmes Wetter für die Jahreszeit, wenn wir uns getroffen hatten. Ein gutes Zeichen, das für jeden von uns wichtig war.

Loslassen

Jetzt war endlich das Buch über die Edelstein-Essenzen zu Ende geschrieben. Während der Veröffentlichung des Buches veränderte sich die Beziehung zwischen mir und meiner Projektpartnerin völlig. Das Projekt entwickelte sich von mir weg und passte einfach nicht mehr zu mir. Ich war von dieser plötzlichen Änderung der Ereignisse verblüfft. Denn ich hatte viel Zeit, Energie und Geld in dieses Projekt investiert. Doch jetzt spürte ich, dass ich es aufgeben musste. Das ergab keinen Sinn für mich.

Es dauerte lange, bis ich Klarheit über diese seltsame Entwicklung gewinnen konnte. Ich wendete weiterhin Edelsteine und Edelstein-Essenzen in meiner Praxis an. Aber mit der Zeit verloren sie für mich und meine Klienten an Wichtigkeit. Endlich begann ich zu verstehen, was passiert war: Ich hatte das karmische Kapitel mit meiner Beziehung zu den Edelsteinen abgeschlossen. Der Mann in der Palmblattbibliothek hatte mir von einem früheren Leben, in dem ich intensiv mit Edelsteinen gearbeitet hatte, erzählt und mich aufgefordert, wieder damit zu arbeiten. Offenbar gab es da noch Einiges aufzulösen und zu integrieren. Sobald dies geschehen war, brauchte ich nicht mehr unbedingt mit Edelsteinen zu arbeiten. Ich spüre jetzt, dass diese Pause, mich auf eine ganz neue Ebene in meiner Beziehung zu den Steinen gebracht hatte.

Ich lernte daraus eine sehr wichtige Lektion: Wenn die Dinge ohne ersichtlichen Grund auseinander zu fallen scheinen, ist es am besten, sie einfach gehen zu lassen und nicht darum zu kämpfen. Mein Verstand wollte damals am Projekt festhalten und darum kämpfen. Denn ich hatte bereits ein Teil meines Einkommens verloren, als ich die Energietherapie Schule verlassen hatte und nun verlor ich wieder eine potenzielle Einnahmequelle, obwohl ich so viel investiert hatte. Doch ich spürte wie dies innerlich nicht unterstützt wurde. Deshalb hatte ich nicht die Kraft dazu, es festzuhalten. So folgte ich schweren Herzens einmal mehr meinem Gefühl und verließ das Projekt ganz.

Damals begannen sehr grosse Zweifel am neuen Bewusstsein in mir aufzusteigen. Es war mir klar, dass ich nur ins Neue gehen konnte, wenn ich die alten Zöpfe abschnitt. Aber bis jetzt hatte sich für mich im Neuen noch nicht wirklich etwas Greifbares manifestiert und ich zweifelte sehr daran, ob das überhaupt jemals stattfinden würde.

Eine neue Idee, gemeinsame Workshops zum Thema neues Bewusstsein mit meinem Partner zu geben, kam auf. Ich war mir nicht sicher. Denn ich hatte ja gerade zwei Projekte, die ich mit Freunden gemeinsam aufgebaut hatte, verlassen müssen, weil sich unsere Wege auseinander entwickelt hatten. Deshalb zögerte ich und war voller Bedenken. Mein Partner hatte sich in den letzten Jahren auch mit der Entdeckung des neuen Bewusstseins für sich befasst. Doch die Idee, mit ihm ein Projekt zu starten, liess mich einfach nicht los. Nach zähem innerem Ringen willigte ich ein und nahm das Risiko nochmals auf mich.

Ich bemerkte damals, dass ich eine Tendenz zur Vermeidung hatte: Wenn ich schlechte Erfahrungen gemacht hatte, wollte ich weitere solche Erfahrungen durch Unterlassung von Ähnlichem in der Zukunft vermeiden. Es wurde mir klar, dass das einer Vermeidung des Lebens und seines Flusses gleichkam. Ein Leben, in dem ich mich wohl fühlte, das aber ohne Neues und Risiken war, blieb schlussendlich unerfüllt. Es wurde mir klar, dass es nicht mehr um Erfolg oder Ertrag ging sondern nur noch um Freude an der Erfahrung. Denn jede Erfahrung dehnt das Bewusstsein aus. Zweifel und Ängste halten uns in unserem wohlbekannten Käfig gefangen.

Ich erkannte, dass wenn Ängste oder Unsicherheiten auftauchten, ich im Begriff war, meine vertrauten Grenzen zu überschreiten. Die menschliche Natur ist darauf programmiert, mit Angst auf für sie Unbekanntes zu reagieren. Ich lernte, dass ich Angst und Unsicherheit an die Hand nehmen und in Verbindung mit meiner inneren Wahrheit bleiben kann. So lasse ich mich von meinem Herzen sicher über die Grenzen des Unbekannten in wunderbare neue Möglichkeiten führen.

Also begannen mein Partner und ich im Sommer 2007 Seminare zum neuen Bewusstsein zu geben. Es macht mir bis heute viel Spass. Denn mein Partner bringt andere Elemente und Blickwinkel mit hinein und die gemeinsamen Workshops und Vorträge sind für mich eine grosse Bereicherung und erfüllen mich.

Ende Jahr besuchte ich die Aufstiegschule. Aufstieg ist die Wahl alle Seelenanteile zu integrieren und den Inkarnationszyklus zu beenden. Unter anderem wurde ich dort mit derselben Frage, wie vor einem Jahr konfrontiert: Wie willst du die restlichen Jahre deines Leben erfahren? Und was musst du noch loslassen, was jetzt nicht mehr zu dir passt?

Ich ahnte, was es war. Aber es fiel mir sehr schwer, mir dies einzugestehen: Die Ausbildung, die ich mit meiner Schwester gemeinsam unterrichtete. Ich fühlte schon länger, dass sich unsere Wege auseinander bewegten. Als ich ihr vorschlug, das Programm einer Erneuerung zu unterziehen und sie dies klar ablehnte und mich aufforderte, wenn es mir nicht mehr passte, solle ich doch meinen eigenen Weg gehen, begann am nächsten Tag meine Hand zu schmerzen. Über Nacht bildete sich eine Geschwulst am Handgelenk, die mir auf die Nerven drückte und den Schmerz verursachte.

Nach drei Tagen des Abwägens schrieb ich ihr, dass ich aus dem Projekt austreten werde und dass sie es alleine weiterführen kann. Auch mit dem Stoff, den ich eingebracht hatte. Danach löste sich die Geschwulst und damit die Schmerzen in meiner Hand sofort wieder auf. Diese Bestätigung brauchte ich, denn ich war unsicher.

Meine Befürchtungen erfüllten sich: Sie lehnte meine Entscheidung und mich als Person völlig ab und verschloss sich mir gegenüber total. Es war mir klar, dass diese heftige Reaktion nicht an die jetzige Situation angepasst war. Ich spürte, dass es hier um viel mehr ging, nämlich um die Loslösung von einer Beziehung, die über viele Lebzeiten hin sehr eng war. Aber für den Aufstieg, den ich gewählt hatte, musste ich bereit sein alles loszulassen, sogar die Beziehung zu meiner Schwester, was sicher etwas vom Schwierigsten für mich war.

Es löste tiefen Schmerz in mir aus und es war über Jahre hinweg sehr schwierig und blockiert. Ich wollte etwas tun, um es zu lösen, doch alles schlug fehl. Also wurde ich ruhig und still, was mich oft viel Überwindung gekostet hatte. Aber ich fühlte, dass ich dabei war auf eine ganz neue und freie Ebene in der Beziehung zu meiner Schwester zu kommen.

Die Beziehung mit meinem Partner vertiefte sich und wir hatten den Wunsch, durch unser Zusammenleben eine neue Ebene unserer Partnerschaft zu erreichen. Wir hatten beide einige Jahre alleine gelebt und das war für uns ein grosses Abenteuer. Es war schön, aber sicher nicht immer einfach. Wir mussten uns finden und das brauchte Zeit. Etwa zu dieser Zeit lief meine Praxis plötzlich weniger gut. Ich dachte, dass es mit meinen eigenen Prozessen zu tun hatte. Es war früher schon oft so: Wenn ich persönlich viel bewegte und integrierte, hatte ich weniger Arbeit in meiner Praxis. Das passte immer zusammen.

Trauma

Als mein Partner und ich etwa ein Jahr später wieder einmal die Aufstiegschule gemeinsam unterrichteten, hatte ich ein sehr wichtiges Erlebnis. In der Schule wird unter anderem auch von der dramatischen Endzeit von Atlantis gesprochen. Mir wurde im Unterricht plötzlich eiskalt und ich fühlte mich ganz eigenartig. Ich hatte diese Schulung schon ein paar Mal gegeben und liebe ihren Inhalt sehr. In der Mittagspause erkannte mein Partner, dass ich wie eingefroren war. Es war mir immer noch eiskalt. Er fuhr mich in ein Tropenhaus zum „auftauen". Instinktiv brachte er mich an den richtigen Ort, denn in den Tropen fühlte ich mich immer sehr offen und weit.

Ich sass also da bei den Pflanzen in der Wärme und es war schwierig die Erinnerungen zu zulassen, doch mein Partner stellte mir die richtigen Fragen, die mir halfen mich zu erinnern: Atlantis war lange Zeit eine sehr schöne Epoche in der Menschheitsgeschichte. Doch gegen Ende nahmen die Manipulationen am Körper durch Eingriffe und am Verstand durch Massenhypnose bizarre Formen an. In dieser Zeit fand sich eine Gruppe von über 100'000 Menschen zusammen, um eine Lösung für den grausamen Krieg, der ausgebrochen war, zu finden. Man hatte sich in eine Zwischendimension zurückgezogen, um dem Schlachten ausweichen zu können.

Doch dann wurde dieser Gruppe ein Friedensangebot überbracht: Der damalige grausame Herrscher bot an, dass er, wenn sie wieder zurück in die Welt kämen, das Schlachten und Foltern in Atlantis beenden würde. Es gab verschiedene Meinungen: Die einen trauten ihm nicht und waren dagegen, die anderen waren dafür, dieses Angebot anzunehmen. Man suchte eine Lösung auf ganz verschiedenen Wegen. Dort war meine damalige Inkarnation ein Channel-Medium, das ein Sprachrohr für die höchste göttliche Quelle war. Es zog sich damals zurück, nahm Kontakt mit dieser Quelle der reinen Liebe und Präsenz auf und brachte ihr unsere Frage vor. Die Antwort war klar: „Geht zurück. Es ist für die Schöpfung nicht dienlich, wenn ihr diesen Weg der Abtrennung, den ihr eingeschlagen habt, weiter geht."

Diese Antwort überbrachte ich damals dem Rat und die Entscheidung fiel nach langer Beratung und Konsultationen von verschiedenen Quellen: Man ging geschlossen als Gruppe zurück in die Welt und wurde so erreichbar für die anderen Menschen. Als wir das getan hatten, hielt der schreckliche Herrscher sein Wort nicht und das Foltern, Morden, Vergewaltigen und Abschlachten ging einfach weiter. Auch unsere Gruppe wurde vernichtet.

Der Schock, den ich damals erlebt hatte, war abgrundtief und es erzeugte einen Riss in meinem Wesen, den ich auch noch im jetzigen Leben manchmal als abgrundtiefen Schmerz, totale Verzweiflung und trennende Abspaltung wahrnehmen konnte. Diese Wunde entstand, als meine damalige Inkarnation Zeuge dieser grausamen Taten geworden war. Als Folge davon fühlte ich mich von der göttlichen Quelle, die ich bis dahin als reine Liebe und Klarheit wahrgenommen hatte, vollständig betrogen und verlassen. So ähnlich wie der Schmerz von Jesus gewesen sein muss, als er am Kreuz rief: "Vater, Vater warum hast du mich verlassen?"

Hier im Tropenhaus fühlte ich diese innere Verzweiflung wieder. Der Riss, der damals zwischen meinem Menschsein und meiner eigenen Göttlichkeit entstanden war und bis heute nicht geheilt werden konnte, zeigte sich. Es tröstete mich zu wissen, dass durch die

Rückkehr der Erinnerung dieses Trauma bereit war, zu heilen. Aber wie konnte ich nach so einem dramatischen Fall das Vertrauen in meine eigene Göttlichkeit wieder gewinnen?

Ich sollte neun Monate lang damit beschäftigt sein. Bis ich den tieferen Sinn dieses Traumas verstanden hatte und die Wunde endgültig heilen konnte. Erst jetzt beim Schreiben erinnere ich mich daran, dass ich vor gut 15 Jahren in der Aura-Soma Ausbildung diesen tiefen Riss und Schmerz zum ersten Mal gespürt und danach wieder vergessen hatte.

Perspektiven

Meine Praxis lief immer noch weniger gut als früher. Als sich dies über eineinhalb Jahre lang nicht änderte, hinterfragte ich mich. Es schien nötig zu sein wieder eine Anstellung zu finden, weil meine Ersparnisse sich in den letzten Jahren aufgebraucht hatten. Aber wollte ich das wirklich? Ich spürte, dass ich Lust hatte, meinen Lebenstraum der Selbständigkeit weiter zu leben. Also entschied ich mich nochmals ganz klar dafür. Ich traf Wahlen, wie und mit welchen Themen ich in Zukunft arbeiten wollte. Ein paar Wochen später hatte ich wieder mehr zu tun und meine Praxis und die Seminare sind seither wieder gut frequentiert. Rückblickend erkenne ich, dass ich in diesen zwei Jahren sehr viel innerlich bewegt und verändert hatte. Es war eine Zeit der Integration meines Wesens und das brauchte Ruhe und viel Zeit.

Dann spürten mein Partner und ich gemeinsam, dass wir auf eine neue Ebene kommen wollten. Wir wollten eine Partnerschaft erleben, die auf der persönlichen Souveränität aufbaut. Und wir spürten in den nächsten Wochen die Auswirkungen dieser Wahl. Es stellte sich heraus, dass wir beide erkannten, dass jeder nochmals eine Zeitlang alleine leben wollte, um für diese Integration Raum zu haben.

Sehr grosse Ängste, Zweifel und Fragen tauchten in mir auf. Mein innerer Tumult war sehr intensiv. Aber wir konnten alles gemeinsam besprechen und jeder ging Schritt für Schritt seinen Weg. Interessanterweise passten unsere Schritte immer zusammen. Mein Partner hatte das Bedürfnis auch unsere Beziehung, so wie sie war, ganz loszulassen. Das löste schmerzliche Erinnerungen an mein früheres Erlebnis aus, als mein damaliger Freund aus der Wohngemeinschaft auszog und somit auch unsere Beziehung beendete. Doch ich fühlte, dass es stimmig war, das Alte zwischen uns ganz loszulassen. Es löste in mir Angst aus, weil wir ja nicht wussten, ob unsere Beziehung überhaupt weiter gehen würde ohne das alte Fundament. Ein paar Monate später war es dann soweit: Wir zogen in separate Wohnungen, er in München und ich in der Nähe von Bern.

Innere Verbundenheit

Nach meinem Umzug, als ich wieder alleine lebte, spürte ich, dass sich die Beziehung zu mir selbst auf eine ganz neue Ebene bewegt hatte: Das Trauma der inneren Trennung von meiner Göttlichkeit hatte sich mittlerweile aufgelöst und einem neuen Gefühl der inneren Verbundenheit Platz gemacht. Die Verbindung meines menschlichen Seins mit meiner Seele dehnt sich seither stetig aus. Zuvor erlebte ich diese Innigkeit nur in speziell schönen Momenten. Jetzt ist eine ständige innere Kommunikation da.

Ich erkenne heute, dass es mein grösster Wunsch war, dies zu erleben und mich wieder an mein wahres Wesen zu erinnern. Die ganze Reise zu mir war sehr interessant und manchmal auch schwierig. Sie hat mir sehr viel Mitgefühl für mich selber und meine Umwelt gegeben. Ich bin sehr glücklich, mein Leben nun aus einer ganz neuen Perspektive zu sehen und zu erkennen, wie wichtig jeder Schritt und jede Erfahrung war. Und es hat sich gelohnt, diesen manchmal sehr schwierigen Weg zu gehen. Mich als bewussten Schöpfer meines Lebens zu fühlen, gibt mir ganz neue Perspektiven und Möglichkeiten für mein Leben.

Natürlich treten immer noch Schwierigkeiten oder Herausforderungen auf, doch meine Erfahrung dessen ist ganz anders als früher. Damals fühlte ich mich oft als Opfer. Heute sehe und spüre ich, was dahinter liegt und dies ermöglicht mir die Situation zu akzeptieren und als Schöpfer zu erleben. Das heisst nicht, dass ich nun einfach alles hinnehmen muss. Ich nehme es hin ohne zu müssen, weil ich weiss, dass wenn ich mich in diese Situation hinein gebracht habe, nur ich mich auch wieder hinaus bringen kann - früher oder später. Und dies ohne Kampf und Anstrengung sondern einfach, weil ich wähle, was ich erleben will.

Diese Geborgenheit im eigenen Sein löst in mir eine tiefe Lust am Leben und auf neue, mir unbekannte Erfahrungen aus. Ohne Anstrengung, einfach weil es Freude macht. So zu leben, das habe ich mir immer gewünscht und nun kann ich das einfache Sein täglich erfahren.

Während der Zeit, die wir nicht zusammen verbracht hatten, erlebte mein Partner seine eigene Reise zurück in die innere Verbindung mit seiner eigenen Seele. Als wir beide erkannt hatten, dass jeder ganz und vollständig innerhalb von sich selbst war, kam eine ganz neue Ebene der Liebe von innen her auf. So kamen wir wieder auf ganz neue Art zusammen. Wir werden nicht mehr von unseren vergangenen Leben oder durch Karma 'zusammen gezogen' und wir brauchen uns nicht gegenseitig, um glücklich zu sein. Dafür legten wir auch alle Vorstellungen von Partnerschaft und die bewussten und unbewussten Verpflichtungen, die daraus hervorgehen ab. Wir sind heute nicht mehr in einer 'Beziehung'. Sondern wir sind zwei ganze und vollständige Schöpferwesen, die für die pure Freude am Erleben und das gemeinsame Schöpfen des Lebens zusammen sind. Und auch, um die Liebe und uns auf dieser neuen Ebene zu erfahren.

Traum

Ich hatte seit langer Zeit einen Traum: Dass wir hier auf der Erde das Paradies erleben können, friedlich und selbstbestimmt, frei und glücklich. So, dass jeder Mensch das tun kann, was ihm Freude macht und ihn erfüllt. Wo Mitgefühl für sich selbst und andere der natürliche Zustand jedes Menschen ist.

Ich glaube, dass wir diesen Traum erleben können. Der Weg dahin und die Erfüllung sind meine Leidenschaft und der Grund, warum ich zu diesem Zeitpunkt auf der Erde bin. Jeder Mensch hat Träume und ich liebe es, Menschen dabei zu begleiten, sich ihre eigenen Träume zu verwirklichen. Denn es ist möglich.

Die Reise kann manchmal mühsam und schwierig aber es kann auch einfach und fröhlich sein. Sie ist für jeden Menschen einzigartig. Doch die innere Verbundenheit und das Eins sein, die Verbindung von Menschsein und Seele, die Schönheit und das Wunder des eigenen Wesens, sind jedem zugänglich, der es wählt zu erleben.

Dann wird der Traum wahr. Eine neue Ebene des Erlebens öffnet sich und ein neues wundervolles Abenteuer beginnt.

Begegnungen auf dem Weg

Der Weg zu sich selbst ist mit bestimmten Erfahrungen und 'Symptomen des Erwachens' gepflastert. Viele dieser Erfahrungen beschreibe ich in meiner Geschichte. Es gibt aber auch noch andere, die ich hier noch erwähnen möchte. Diese Erfahrungen und Symptome können sehr verwirrend sein, deshalb ist es gut zu wissen, dass viele andere Menschen, denselben Herausforderungen begegnen: Zum Beispiel kann der Körper plötzlich eigenartige Symptome oder Schmerzen manifestieren, das Schlafmuster ändert sich oder der Verstand beginnt auf ungewöhnliche Weise zu reagieren. Das kann schwierig sein, weil die Ärzte die Ursache manchmal nicht finden können und man dann vielleicht an sich selbst zu zweifeln beginnt oder Ängste auftreten können.

Ich litt selbst jahrelang immer wieder unter Grippesymptomen oder phasenweise starken Nacken- und Rückenschmerzen. Dies sind typische Probleme, die auftreten, wenn der Körper sich von überholten Energien löst und sich auf eine neue, freie Ebene begibt. Da wir unser Bewusstsein ausdehnen, werden einschränkende Denk- oder Verhaltensmuster und Überzeugungen erkannt und freigesetzt. Wenn es aber einen - meist unbewussten - Widerstand dagegen gibt, dann bleiben diese Energien stecken und verursachen Schmerzen oder andere körperliche Symptome. Und weil in jeder Zelle des Körpers alle Erinnerungen, auch diejenigen aus den Vorleben, gespeichert sind, ist es wichtig, ihn beim Loslassen zu unterstützen. Dies kann man mit ausreichend Schlaf oder Ruhephasen, viel Wasser trinken und dem bewussten Atmen erreichen. Ich habe mich zusätzlich mit Energie- und Körperarbeit, die für mich angenehm war, unterstützen lassen. Auch beim Essen können seltsame Gelüste oder

Veränderungen in den Vorlieben auftreten. Das ist ganz normal.

Der Schlafrhythmus kann sich verändern: Manchmal brauchte ich sehr viel Schlaf und manchmal sehr wenig. Oft erwachte ich um 2 oder 3 Uhr morgens und lag für etwa zwei Stunden wach. Das konnte manchmal über Monate in fast jeder Nacht so sein. Solche Phasen traten bei mir mehrmals in den letzten Jahren auf. Es hilft sehr, nicht dagegen anzukämpfen und sich keine Sorgen machen, ob man den nächsten Tag schaffen wird. Es geht darum zu erkennen, dass es einfach ein Teil des Weges ist. Wenn man sich erlaubt, sich zu entspannen, vielleicht etwas Musik zu hören oder zu atmen, dann hat man grosse Chancen sich am Morgen trotzdem erholt zu fühlen. Ich spürte, dass sich in diesen Nachtzeiten viel bewegte und geschah, aber ich konnte es nicht mit meinem Verstand erfassen. Morgens war ich je nachdem trotzdem ausgeschlafen oder noch müde.

Die Psyche lässt viele alte Erinnerungen und Verhaltensmuster los. Das kann sich zum Beispiel in plötzlichem Weinen ohne Grund, in depressiven Phasen oder in Angst-Attacken äussern. Auch die Psyche will ein neues Gleichgewicht finden und das ist manchmal schwierig.

Der Verstand muss damit umgehen lernen und stellt sich neu ein, das kann sich in Vergesslichkeit oder dem Gefühl verrückt zu werden zeigen. Ich hatte manchmal plötzlich abstruse oder massig viele Gedanken und konnte sie nicht anhalten oder verändern. Manchmal traten Zweifel, Angst und Verwirrung in einem mir bis dahin unbekannten Mass auf. Dann half mir jeweils der bewusste Atem, mich zu erden und zu erinnern, wer ich wirklich bin.

Der Geist, unser spiritueller Teil, der sich mit dem Unsichtbaren, dem Glauben und der Beziehung zur eigenen Göttlichkeit auseinandersetzt, muss sich auch neu anpassen. Es kann eine unbändige Sehnsucht nach zu Hause auftreten. Bei mir hatte es sich jahrelang so gezeigt: Ich wollte immer zurück zur Quelle und gar nicht hier auf der Erde sein. Oder ich fühlte mich fremd oder einsam in meiner Familie oder in meinem Freundeskreis. Das hat nur damit zu tun, dass man sich selbst gerade neu entdeckt, sein Bewusstsein verändert und man eine neue Perspektive auf die Art der Beziehungen einnimmt.

Das Gute bei all dem ist, dass alles früher oder später vorbei geht. Es handelt sich dabei nur um Phasen, die von ein paar Tagen, Monaten bis zu einigen Jahren dauern können. Aber es wird vorbei gehen.

Es gibt sehr viele Möglichkeiten, sich selber bei dieser herausfordernden Reise liebevoll zu unterstützen. Ich tat dies mit Atemsitzungen, Beratungen, Seminaren, Energie- und Körperarbeit sowie Aura-Soma, Edelsteinen und Edelsteinessenzen.

Man muss es nicht alleine schaffen, aber man könnte es. Es gibt keine Bewertung dazu, ob man es ganz alleine oder mit Hilfen geschafft hat, bei sich selber anzukommen. Es ist ein ganz einzigartiger, wundervoller und natürlicher Weg, den man auf sehr persönliche Art gehen kann.

Danke

Ich danke ganz herzlich meinen Klientinnen, Klienten, Seminar-TeilnehmerInnen, meinen Freunden, meiner Familie und allen Menschen, denen ich begegnet bin. Ich fühle mich durch die gemeinsamen Erfahrungen sehr beschenkt und bereichert.

Herzlichen Dank an Kai Roger Geck. Er war mir bei der Überarbeitung meines Buches eine sehr wichtige Inspiration und Stütze. Denn das Buch zu schreiben war einfach. Es zu klären, und von allem Überflüssigen zu befreien, war harte Arbeit. Vielen Dank für das Lektorat.

Herzlichen Dank an Lisa Warner. Sie hat mein Buch ins Englische übertragen und mir dabei Inspirationen und Ergänzungen aufgezeigt, von denen auch die deutsche Version profitiert hat.

Meinen speziellen Dank auch an alle unsichtbaren Wesen. Eure Begleitung, Trost und Liebe erfüllen jeden Tag mein Herz.

Ich danke dir, liebe Leserin, lieber Leser ganz herzlich, dass du dich mit meiner Geschichte beschäftigt hast. Auf eine gewisse Art und Weise ist es auch deine Geschichte. Ich wünsche dir alles Gute auf deiner Reise zu dir.

Ursula Keller

Ich wurde am 22. Mai 1964 im Kanton Aargau geboren und bin auch dort aufgewachsen. Nach einigen Jahren in der Innerschweiz lebe ich seit Ende der Neunziger Jahre in Bern.

Nach meinen Berufsausbildungen bei der Post und als Pflegefachfrau absolvierte ich, aufbauend auf meinen intuitiven Fähigkeiten, zahlreiche Ausbildungen, die mir die Grundlage zur Begleitung von Menschen gaben.

Seit Oktober 2000 bin ich in eigener Praxis tätig. Meine Arbeit hat sich über die Jahre kontinuierlich weiterentwickelt. Heute begleite ich Menschen auf eine sehr persönliche und intuitive Art dabei, einen selbstbestimmten Umgang mit ihren Herausforderungen und neue Ebenen ihres Bewusstseins und Selbstvertrauens zu finden.

Ich biete Einzelsitzungen in meiner Praxis, telefonische Beratungen sowie Seminare und Ausbildungen für Gruppen und Einzelpersonen an.

Ursula Keller
Praxis & Schule
für Wohlbefinden & Neues BewusstSein

Terrassenweg 6
3012 Bern

Telefon: +41 (0)78 760 18 96
info@wohl-sein.ch - www.wohl-sein.ch